悪役令嬢だそうですが、
攻略対象その5以外は興味ありません3

登場人物紹介
青藍
ホワイトリーフ家のメイド兼
ユナの護衛。
獣人族で高い身体能力を持つ。
ノルディア・カモミツレ
乙女ゲームの攻略対象その5。
この世界では珍しく魔法が全く使えないが、
剣の腕は一流。
フェリス王子の護衛を務める。
ユナ・ホワイトリーフ
前世の記憶を持つ公爵家の令嬢。
ノルディアを恋い慕う、
猪突猛進な性格。
桁外れの魔力を自在に扱う、
闇の精霊の契約者。
ヨル
ユナと契約を結んだ闇の精霊。
猫や鳥など、
姿を変えることができる。

ルーファス・
ラベント
ギルドマスターでもある
ユナの魔法の先生。
水と火の精霊と契約している。
乙女ゲーム攻略対象その2。
リージア・
ホワイトリーフ
ユナの兄。
重度の魔道具コレクター。
乙女ゲーム攻略対象その3。
ハル
魔国からの転入生。
甘い言葉でヒロインの
サクラに接近している。
何やら裏がありそうで……?
レオン・
キュラス
隣国キュラス王国の国王。
光の精霊と契約している。
乙女ゲーム攻略対象その4。
フェリス・
ユーフォルビア
ユーフォルビア王国の王子。
世話好きでユナの突飛な行動に
振り回されている。
乙女ゲーム攻略対象その1。

プロローグ　打倒光華国《こうかこく》！　でも攻略対象その5には嫌われたくありません！

「困ったのです」

うーんと悩む私……ユナ・ホワイトリーフの言葉に、私の契約精霊のヨルも「困ったナ」と言いながら、黒い猫耳をへにゃりと伏せます。

前世の記憶を持ち、この世界の人々が登場する乙女ゲーム『君と紡ぐ千の恋物語』……略して『君紡《きみつむ》』をプレイした記憶のある私と、闇の精霊でかなりの実力があるヨル。私たち二人が困ることなんてあまりないのですが、今回ばかりは困り果てています。

私たちが困っている理由、それは……

「海の向こうの国で捕まっちゃったレオンを助けてほしいのー」

隣国キュラスの国王であり、『君紡《きみつむ》』の攻略対象でもあったレオン・キュラスの契約精霊、ラーノさんの頼みごとが原因です。

……いえ。正確に言えば、ラーノさんの頼みごと自体は別に大した困りごとではありません。私とヨルが力を合わせれば、今私たちがいるユーフォルビア王国から海を越えた先にある国……光華国で捕まったというレオン王を助けるくらい訳ありませんから。

ちなみにレオン・キュラスは、『君紡《きみつむ》』ではキュラス国の第二王子という設定の人物でした。前世の記憶持ちの私という異物が入り込んでしまったせいなのか、この世界は『君紡《きみつむ》』の世界とは少しずつズレてしまっているようです。

まぁ、別に私は『君紡《きみつむ》』に特別な思い入れはないので、設定がめちゃくちゃになろうがどうでもいいですけれど。

私が気にするのはただ一つ。

「ユ～ナ～？　まさかとは思うけど光華国に一人で乗り込もうなんて、そんな物騒なことは考えてないよな？」

にっこりと満面の笑みを浮かべて、私に問いかける最高にかっこいい男性。短い赤髪、きりっとした目元、髪と同じく赤い瞳、耳元で揺れる赤いピアスまで全部が全部かっこいい『君紡《きみつむ》』の元攻略対象。私が気にするのは、ノルディア・カモミツレ様のことだけです！

〝元〟攻略対象というのは、今のノルディア様は私の婚約者だから。「絶対に誰にもノルディア様は渡しません！」という強い意志で、幼少期に婚約者の立場を勝ち取りました。

世界の誰よりも、何よりも大好きなノルディア様ですが、今はそんなノルディア様の言葉に少しだけ困っています……

「ユナ、どうするんダ？」

「ど、どうしましょう。レオン王は助けたいですけど、ノルディア様にダメと言われたら強行突破は出来ないのです！　ノルディア様に嫌われたくないのです！」

「でもこのままだト、魔力不足でラーノが弱るゾ」

「それもそうなのです……」

最愛のノルディア様の言うことは、私にとって絶対です。ノルディア様が嫌がることをして、嫌われてしまったら生きていけません。

なので、ノルディア様がダメと言えば、レオン王を助けるのは難しいです。でも、ヨルの友達であるラーノさんも、放っておくのは気が引けます。レオン王の無事も気になりますし……どうしましょう……

「ユナ、もう一回聞くぞ。誰にも相談しないで、一人で光華国に乗り込んだりしないよな？」

困り果てた私に、ノルディア様はもう一度、「一人で」という部分を強調するように言いました。

もしかしてノルディア様は、私が光華国に乗り込むこと自体に反対しているわけではない……？

「一人がダメなら……青藍《せいらん》！　青藍を連れて行くのです！　リー兄にもちゃんと報告します！」

必死に考えて、私のお目付け役の青藍と、保護者のような立ち位置になっているリージアお兄様の名前を出してみました。けど、ノルディア様は頷《うなず》きません。それどころか、満面の笑みからあふれ出る圧がますます強くなった気がします。

「えっと、えっと……」

慌てる私に、ノルディア様は「そうか」と一言。

「俺には言ってくれないのか？　光華国に行くから、一緒に来てほしいって」

「でも……」

「それとも俺は、ユナの企みを聞かせられないほど頼りないか？」

「そんなことはないのです！　ノルディア様は仕事もあってお忙しいので、お手を煩《わずら》わせるのは心苦しいのです」

「気を遣ってくれたのはうれしい、ありがとうな。でも、こういう非常事態に頼ってもらえないのは、婚約者としては寂しいだろ」

満面の笑みを崩して眉を下げ、寂しそうな表情をするノルディア様。その姿に胸を貫かれました。かっこいいノルディア様が、まるで捨てられた子犬のような表情をするなんて！　か、可愛すぎます!!

「はぅ……」

胸を押さえて悶《もだ》える私を、ノルディア様は慣れた様子でスルーして「ユナ、俺に言うことはあるか？」と聞きました。

「光華国に行って、レオン王を助けるのを手伝ってほしいのです」

「おう、任せろ」

ニッと笑って胸を叩くノルディア様が頼もしくて素敵で、見ているだけで目が溶けてしまいそうです。『君紡《きみつむ》』の中でも見られなかったレア表情なんて、空間魔法〈映像保存《ピクチャー》〉で撮らないわけにはいきません。

「ノルディアも一緒に行くの力？　オイラとユナだけでも足りると思うけド」

「ああ。お前ら二人で向かわせたら、キュラス国王は取り戻せたとしても、光華国で指名手配されて帰ってきそうだからな」

ノルディア様の魅力的すぎる姿を満足いくまで堪能して、私は「よし」と握り拳を作ります。

「打倒光華国！　みんなで絶対にレオン王を取り戻すのです！」

気合い十分の私を見て、ヨルが「確かニ」と呟きました。

……？　何が「確かに」なのでしょうか？

第一章　打倒光華国！　いざ出発です！

「打倒光華国！　みんなで絶対にレオン王を取り戻すのです！」

「エイエイオー」と拳を突き上げて、気合い十分で叫んだ日から数日後……

「うーん……ノルディア様からの連絡が来ないのです……」

……私は未だに、光華国へ行けていません。

と言うのも、最初は魔法を使ってピュピューンと光華国へ行くつもりだったのです。しかしノルディア様から「魔法を使って他国へ移動することは禁止されている」と言われてしまいました。

さすがに犯罪者になってしまったら、将来の夢である「ノルディア様のお嫁さん」に支障をきたす恐れがあるので断念です。

代わりにノルディア様が「所属している騎士団を通して光華国へ行く許可を取ってくる」と言っていたのですが……なかなか時間がかかりますね。

「王都周辺のダンジョンに、フェンリスヴォルフが出たという話もありますからね。百年前に強い勢力を持っていた魔王、ハルジオンの忠臣もフェンリスヴォルフでしたから、騎士団は警戒態勢を取っているのでしょう。ノルディアさんもお忙しいのだと思いますよ」

自室で唸《うな》っていた私に声をかけたのは、私の護衛役の青藍。いつも通りのメイド服姿で、獣人特有の猫耳をへにゃりと萎《しお》れさせている様子からして、恐らくフェンリスヴォルフを怖がっているのでしょう。

「ユナ様、もしもフェンリスヴォルフが出たら、絶対に逃げてくださいね。間違っても面白がって攻撃なんかしたらダメですよ」

「絶対ですよ！」と念押しをする青藍には悪いのですが、前にダンジョンでフェンリスヴォルフと遭遇した際、既にガッツリ戦ってしまっています。青藍に話したら怒られるかな〜と思っていたら、見事に話すタイミングを失ってしまいました。

「フェンリスヴォルフ？　オイラ、ソイツとはもう……」

「ヨル、言ったらダメですの！　青藍には内緒にしておくのです！」

「……私に内緒とは、何のことですか？」

「えぇっと、その〜……内緒は内緒ですの！」

「怪しすぎて逆に気になりますよ!?」

「秘密ですの！」

「えぇ……まぁ、良いですけど……」

無理矢理の誤魔化《ごまか》しでしたが、なんとか見逃してもらえました。これで一安心です。

「ところでユナ様、ノルディアさんと今度は何をするおつもりですか？」

「光華国に乗り込んで、捕らえられているレオン王を奪還するのです」

「本当に何をしようとしているんですか⁉」

一安心だと思ったのですが、まさかのこっちもお説教コースでした……

「ユナ様、普通の令嬢は他国に乗り込んだりしません」

「はいですの……」

「ご自分から危険なことに突っ込んでいかないでください」

「はいですの……」

「私も巻き込まれてしまうんですから。ちゃんと他の人のことも考えて下さいね」

「はいですの……え？　青藍も付いてきてくれるのですか？」

青藍のお説教をみっちりと聞いて、「はいですの」という返事しかできなくなった頃、聞こえてきた言葉にびっくりして聞き返してしまいました。

「付いて来て」と頼んだら来てくれるとは思っていましたが、青藍自身が「行く」と言うとは思っていませんでした。

「ユナ様が行くと決めたのなら、私も付いて行きます。私はユナ様の護衛として、ここに置かせて頂いているのですから」

きっぱりと言い切った青藍ですが、その表情は強張っている気がします。

「大丈夫ですの？」

光華国は青藍の生まれ故郷だと聞いています。私もあまり詳しくはありませんが、人間至上主義、光魔法至上主義を掲げる小さな島国だとか。そんな国で闇魔法の素質を持って生まれた獣人の青藍は……恐らく、あまり良い扱いはされていなかったはずです。

今だって光華国の話をしているだけで、青藍の手は震えています。

「ここで光華国から逃げたら、私はこの先、ずっとあの国に怯《おび》えたまま暮らしていく気がするんです。立ち向かってユナ様の護衛として役に立って、案外怖くなかったって思えるようになりたいです。だから、私も光華国へ連れて行ってください」

震えながらも力強く言い切った青藍のことを、これ以上止める必要はないでしょう。

それに……青藍のことは私の兄、リージア・ホワイトリーフが過保護すぎるほど大事に見守っているので、滅多なことにはならないでしょうし……

「分かりました。でも、無理はしないでほしいのです」

今だって「ありがとうございます」と言って頭を下げる青藍には、パッと見ただけでも五個以上、装飾品に偽造された魔道具がつけられているのですから。

「リー兄の魔道具好きはあいかわらず重度ですの」

「リージア様の魔道具好きは昔からだと思いますが、急にどうなさいました？」

「青藍はきっと、知らないままの方が幸せですの」

「……？　変なユナ様ですね」

不思議そうな表情をする青藍ですが、「青藍が身に付けているコレとコレとコレ、全部魔道具なので売ったらすごい価格になりますよ」なんて言ったら、多分、青藍はその場から動けなくなってしまうと思います。だからやっぱり、青藍は知らない方が幸せだと思うのです。

「そういえば、冒険者ギルドからユナ様……ではなくて、冒険者ユーナ宛に手紙が届いていましたよ」

「手紙？　珍しいのです」

青藍から受け取った手紙には、確かに「冒険者ユーナ様」と書いてありました。「ユーナ」は冒険者ギルドに登録している私の偽名なのですが、ユーナ宛の手紙が私《ユナ》に届いてしまっている時点で偽名の意味がない気もします。

「えーっと……ライラックさんからの手紙のようですね」

冒険者ギルドきっての実力者、ライラックさんとは何度かお会いしたことがあります。雷魔法が得意で豪快な戦いをする方ですが……あのライラックさんが手紙を書く姿は想像しにくいです。どちらかといえば「文字をチマチマ書くより、会いに行った方が早いだろ！」とか言って走って来そうなイメージでした。

不思議に思いながら封を切ってみれば、中に入っていた紙には大きめの文字で「緊急依頼。詳細

はギルドで話すから来てくれ」とだけ。

「え、これだけですか⁉」

横から覗き見ていた青藍も、びっくりした顔で手紙の裏を覗き込んでいます。もちろん裏も白紙だったので、本当にこれだけしか書いてありません。用件がなにも伝わってきませんが、これこそライラックさんって感じがします。

ノルディア様を待っているだけなのは暇なので、ライラックさんに会いに行ってみることにしましょうか。

◆◇◆

「お、来てくれたか！」

久しぶりに訪ねた冒険者ギルド。迎え入れてくれたのはライラックさんですが……なんか、げっそりしています……？

「なんだか疲れているのです？」

「そうなんだよー、冒険者ギルドマスター《ギルマス》が光華って国に派遣されちまってから帰って来なくてよ。俺が代わりの仕事をやってんだ。もう死んじまうよ」

そう言ったライラックさんが指した先にあるのは、机の上に積み上げられた書類の山。崩れないギリギリのバランスで積み上がっている書類は全部、冒険者ギルドのマスターであるルーファス先生宛のようです。

「ルーファス先生も光華国から帰って来ないのです？」

「おう。すぐ帰ってくるって言ってたのに、もう二週間も帰ってこない。その上、王都周辺にフェンリスヴォルフが出たとかいう騒ぎがあっただろ？　あれのせいでダンジョンの確認依頼やら、お偉いさんの護衛依頼やらが急増して、冒険者ギルドは機能停止寸前だ」

冒険者ギルドのトップを務めているルーファス・ラベントは、幼少期、私に魔法を教えてくれた先生であり、乙女ゲーム『君紡《きみつむ》』の中では攻略対象の一人だった人物です。ルーファス先生もレオン王も実力者のはずですが、そんな二人が帰って来られないなんて、光華国で何が起こっているのでしょう……？

「それでな、ユーナには光華国に行ってもらって、至急冒険者ギルドマスター《ギルマス》を連れて帰ってきてほしいんだ。俺が直接行きたい所ではあるんだが、海を渡る手段がねぇ」

「私も光華国に用事があるので、その依頼は私にとってもちょうど良いのです」

「お、本当か？　助かる。すぐに国から、光華国に冒険者を送り込む許可をもぎ取ってくるから、なるべく早いうちに出発してほしい」

「分かりました。ノルディア様も騎士団を通じて光華国に行く手続きをしてくださっているので、両方の準備が終わり次第向かうのです」

ライラックさんと今後の動きを話していると、ふいに背後から「光華国？」という声が聞こえてきました。振り返った先にいたのは……

「竜胆《りんどう》さん！」

「悪いね、姫さん。盗み聞きするつもりはなかったんだけど、つい気になっちまってね」

ノルディア様の師匠でもある竜胆さんは、ユーフォルビア王国ではあまり見ない、刀という珍しい武器を使う女性冒険者です。着ているものも、珍しい民族衣装……私も前世で着たことがある「着物」によく似たものを身に付けています。

「光華国って聞こえたけど、あんな辺鄙《へんぴ》な島国に何の用事だい？」

「光華国に行った人が帰って来ないのです。色々と問題があるので、迎えに行こうかと思っていましたの」

私の話を聞いた竜胆さんは「帰って来ない？」と険しい顔をしました。それから考え込むように口元に手を持っていき、「その話さ、アタシも混ぜてくれないか？」と言いました。

「竜胆さんも光華国に行きたいのです？」

「光華国はアタシの故郷なんだ。抜け道とかにも詳しいから役に立つよ」

「光華国が故郷なのです？」

「……まぁね」

そう言う竜胆さんの言葉に少し驚きましたが、言われて見れば竜胆さんの着ている服は、この国のものとは少し雰囲気が違っています。珍しい日本の着物のような衣装も、海を挟んだ隣国、光華国の衣装だと言われれば納得です。

「良いのです？」

「ああ。たまには里帰りもしないとだろ？　それに……身内の不始末は、身内が片付けないといけないからね」

その時、竜胆さんが暗い顔をした気がしました。私と視線が合うと「任せてくれよ」といつも通りの明るさでウインクをしたので、もしかしたら見間違いだったのかもしれませんけれど……

◆◇◆

青藍と竜胆さんが付いてきてくれることになって、冒険者ギルドの後ろ盾もゲットして、光華国へ行く準備が着々と進んでいます。

そう思っていたのですが……ノルディア様の準備を待っている間に、一つ問題が発生してしまいました……

「ラーノの魔力が持たなイ。このままだと弱って消えちゃうヨ」

不安げなヨルから伝えられたのは、ラーノさんの魔力がレオン王に会うまで持たないかもしれないというものでした。

精霊は魔力を消費して生き続ける存在です。闇の精霊のヨルは私から闇の魔力を貰って生きています。それと同じで光の精霊のラーノさんも、普段は契約者のレオン王から魔力を貰っています。けれどレオン王と離れ離れになっている今、ラーノさんは魔力を消費する一方です。

「私の魔力をあげたいところですが、闇属性が強すぎて、光の精霊のラーノさんには逆に毒になってしまうのです」

私の言葉に、ヨルもしょんぼりしながら「オイラなんて闇そのものだし……」と言いました。

「私も多分ダメですね。物心ついた時から闇魔法が得意だったので、多分ユナ様と同じく闇属性が強いと思います」

青藍も闇魔法が得意なので、ラーノさんに魔力を分けることができません。

「アタシも力になりたいけど、多分ダメだろうな。昔っから風魔法以外は全然使えないんだよ」

竜胆さんだけは「闇魔法も光魔法も苦手」とのことだったので、試しに魔力を分けてもらいましたが、ラーノさんが回復している感じはありませんでした。

「困ったのです……」

「そこらへんの冒険者に魔力を分けてもらうか？」

「うーん……冒険者ギルドの方々、今は全員忙しそうで頼みにくいのです……」

光属性の魔力が強そうな人……光属性の魔力が強そうな人……うーん……

悩む私に、竜胆さんが「そういえば」と何かを思い出したように手を叩きます。

「近くの孤児院で最近、無償で回復魔法をかけてくれる人がいるって噂があるな。その人に頼んでみるのはどうだい？」

「そんな優しい人がいるのです？」

「ああ。聖女のような人物だって、一部の間では人気になっているらしい」

「ダメ元で頼みに行ってみるのです」

その人に頼んで断られてしまったら、冒険者ギルドで魔力を分けてくれる人がいないか探してみましょう。そう思って、竜胆さんに案内されながら向かった孤児院。そこで「聖女様」と呼ばれていた人物を見て、私はびっくりしました。

「聖女様、聖女様〜！　転んじゃった！　回復魔法で傷治して〜！」

「私は聖女様なんかじゃありませんよ。光魔法〈回復《ヒール》〉」

「ありがとう、聖女様！」

孤児院で小さな子供の擦り傷を治してあげていたのは、ふわふわとした黄色の髪の女の子……私の友達のリリア・ジャスミンさんだったのです。

「リリアさん!?」

「あれ、ユナさん。学校の外で会うなんて奇遇ですね」

リリアさんは私のことを見て、ふわっと優しい表情で笑いました。リリアさんは本当に良い子なんですよね。話しているだけで癒やされます。

「本当に奇遇ですの。会えて嬉しいのです。……じゃなかったのです」

リリアさんの癒やしオーラにほんわかしてしまって、ここに来た目的を忘れるところでした。

「聖女様にお願いがあって訪ねてきたら、リリアさんがいたのです」

「お願いですか？　聖女様ではありませんけど、私にできることなら、なんでも言ってください」

そう言って微笑むリリアさんは、真の光属性といった感じがします。聖女と呼ばれるのも納得です。多分リリアさん本人は否定するでしょうけど。

「実は……」

私はリリアさんに事情を説明しました。

レオン王が光華国に行ったまま戻って来ないこと。レオン王の契約精霊のラーノさんだけが光華国から戻って来て、レオン王を助けてほしいと頼まれたこと。レオン王奪還計画を進めているが、ラーノさんが魔力不足で弱ってきていること。一刻も早く光属性の魔力を補充したいが、適性のある魔力を持つ人がいないこと。回復魔法が得意な聖女様がいると聞いて、魔力を分けてもらえないかと頼みに来たこと。

全部聞いてくれたリリアさんは……

「そういうことなら、私に任せて下さい」

……そう言って、快く魔力をラーノさんに分けてくれました。

「やっぱり聖女様ですの……」

「違いますってば。もう、ユナさんまで変なことを言い出すんですから……」

弱り切って消えかけの光の球のようになっていたラーノさんが、リリアさんの魔力で力を取り戻して、手のひらサイズの女の子に姿が変わっていきます。

「ラーノ、復活したのー！　美味しい魔力ありがとうなのー」

「ふふ、どういたしまして」

リリアさんのおかげで、なんとか消滅を免れたラーノさんですが「これでー、二日は大丈夫なのー」となにやら恐ろしいことを言っています。ラーノさんって結構魔力消費が激しいですね。

「ごめんなさい。私の魔力、足りなかったですか？」

「ううんー。なんかね、ここにいるとー、いつもより疲れるのかもー」

「うーん……もしかして闇魔法の使い手が多いので、影響を受けてしまっているのでしょうか……？」

ラーノさんの魔力消費が激しいのではなく、私たちがラーノさんを消耗させていました⁉

びっくりしましたが、確かにそうなのかもしれません。私とヨル、それから青藍。竜胆さんを除いて、集まっている人の半数以上が闇魔法の使い手ですから。

「そうなってくると光華国へ行くのも、光華国の中で動くのも、時間に制限がかかってしまうのです」

光華国でなにが起こっているのか分からない以上、不安要素は増やしたくありません。

「リリアさん。光華国への出発前にもう一度、ラーノさんに魔力を分けてくれませんか？」

「それはもちろん良いですけど……」

出発ギリギリまでリリアさんに魔力補給をしてもらって、最速で光華国へ向かって……出来る限り早くレオン王を捜して……

光華国の中での行動を考えていた私に、声をかけたのはリリアさんでした。

「もしよかったら……私も一緒に付いて行って、キュラス国王にお会いできるまで、ラーノさんに魔力をお渡ししましょうか……？」

リリアさんの提案は、私にとってはありがたいです。けど……

「光華国で何が起こっているのか分からないのです。そんな場所に行くのに、リリアさんまで巻き込むのは……」

「大丈夫ですよ。私ならちょっとした怪我も治せますし、ユナさんの助けになれるなら、付いて行きたいです」

「それに」と言って、リリアさんは微笑みながら続けます。

「少し怖いですけど、ユナさんが一緒だったら、きっと大丈夫って思えますから」

優しく手を握られながら囁かれたら、同性の私でもキュンとしてしまいます。

「私は攻撃魔法をほとんど使えないので、結局守ってもらうことになっちゃうと思いますけど……いざとなったら、助けてくれますか？」

「もちろんですの！」

「ラーノもねー、リリアのこと守ってあげるー。リリアの魔力、美味しいから好きー」

「ありがとうございます。ラーノさんも頼りにさせていただきますね」

ぴったりとリリアさんにくっついたラーノさんが「ここが一番落ち着くのー」と言いました。

な、なんか……今まで闇魔法使いばっかりで集まった上に、全然気が付かなくてごめんなさいですの……

◆　◇　◆

光華国行きのメンバーが集まって、着々と出発の準備を整える中、ノルディア様から「光華国行きの許可が下りた」という連絡が入りました。

冒険者ギルドのライラックさんからも「ギルマスの件、正式な依頼として受理されたから出発しても大丈夫だ」と言われたので、竜胆さんやリリアさんに連絡を取って集まることにしました。

集合場所は冒険者ギルドの前。ノルディア様が連れてくる騎士の人数が少なかったら、そこからヨルに鳥型になって飛んでもらって、光華国に向かおうと思います。

ノルディア様からは「少数精鋭で向かう」と言われましたので、多分大丈夫でしょう。ノルディア様が認める精鋭なんて、どんなすごい人なのでしょう……

ワクワクしながら向かった集合場所。

そこにいたのは、以前にも見たことのある男性の騎士でした。

「初めまして、騎士のランタナです。こっちが同じく騎士のノルディア。冒険者の皆さん、本日はよろしくお願いするッス！　……って、あれぇ？　君、この前の女の子じゃないッスか」

灰色の髪に、ヒョロリと細長い体。特徴の見当たらないぼんやりとした塩顔の男性は、ダンジョン内にフェンリスヴォルフが出現する事件があった時、共闘したランタナさんです。

「な、なんか失礼すぎること考えてないッスか？」

ランタナさんはヒョロヒョロの見た目通り、戦闘力は皆無ですが、念話魔法《テレパシー》という魔法が得意で、人が考えていることを読み取ることができる珍しい人です。

情報収集に特化したランタナさんに、戦闘力に特化したノルディア様。騎士団は本当に最小の人数で、最大の戦力を光華国に投下したようですね。

「確かに少数精鋭ですの。ランタナさんの戦闘力は皆無ですが」

「酷くないッスか⁉　戦闘力皆無とか、心の中でだけひっそり思っていれば良くないッスか⁉　なんで直接言うッスか⁉　というか、なんで子供が二人もいるッスか」

……ちょっとうるさいのです。

「アッ、黙るッス……」

騒ぐランタナさんを心の声で黙らせます。念話魔法《テレパシー》、結構便利な魔法ですね。

「ノルディア様、久しぶりですの」

「悪いな、準備に時間が掛かった。……ところで、なんで師匠がユナと一緒にいるんだ？」

「よっ、ノルディア。アタシも里帰りついでに連れて行ってもらうことにしたんだ」

ノルディア様に視線を向けられた竜胆さんは、私のことを後ろから抱きしめながら「姫さん達の護衛は任せな」と言いました。

ちなみに竜胆さんの身長は、女性にしては高めなので、抱きしめられると私の頭の上に、竜胆さんの豊満な胸が乗っかってしまいます。

「うわ、すごいッスね……」

竜胆さんの胸を思いっきり眺めていたランタナさんに、青藍が「最低ですね」と氷点下の眼差しを向けながら呟きました。

「ええ……今のは罠ッスよ。男なら見ちゃうッス……」

落ち込むランタナさんに、リリアさんが「大丈夫ですか？」と声を掛けましたが、青藍は「リリア様、あまり近寄らないほうが良いです」と冷たい態度です。

「師匠、暇なのか？」

「たまには一緒に仕事ができて嬉しいくらい言ったらどうだい？　可愛くない弟子だね」

「可愛くなくて結構。ほら、いい加減ユナを離せ」

「なんだい、婚約者を抱きしめられるのが不服かい？　嫉妬深い男は嫌われるって言うけどねぇ」

ノルディア様は竜胆さんと言い合っていますし……なんか、出発前から連携が不安になってきますね……

「ユナ、オイラたちは仲良くしようネ」

「そうするのです」

一番安心感のあるヨルと約束して、ヨルに鳥の姿に変身してもらいます。

普段は猫の姿をしてるヨルですが、本来の姿は黒い靄《もや》。自由自在に形を変えられるヨルにかかれば、大きな鳥の姿になって光華国まで飛んでいくことなんて朝飯前です。

全員が乗れるほどの大きさになったヨルの前で、私はパン、パン！　と手を叩きます。全員の視線を集めて……

「お話は移動しながらでも出来るのです。〈影移動《シャドウムーブ》〉はラーノさんの負担が大きいので使えません。早く光華国へ向かうのです」

そう伝えると、ようやく出発できるようになりました。

まったく、やれやれですの。

「ヨル、負担を掛けてしまいますが、光華国まで頑張ってほしいのです」

「任せロ！」

全員を乗せたヨルが、力強く羽ばたいて空に浮かび上がります。空を飛ぶことに慣れていないリリアさんやランタナさんは不安そうな顔をしていますが、ヨルが落ちることはないので安心してほしいです。

「初対面の奴もいるから、光華国に着く前に一応自己紹介はしておくか」

ヨルの背中に何度か乗ったことのあるノルディア様は慣れた様子です。

「そ、そうッスね。得意なことなんかも話しておいたほうが、連携も取りやすいッスからね」

ランタナさんは遠くなってゆく地面を見下ろし怯えながらも同意して、そのまま自己紹介を始めました。

「自分は一応騎士団に所属しているランタナと言うッス。騎士だけど戦闘は得意じゃないので、いざという時は頼りにしないでほしいッス。得意なことは情報収集。今回は光華国との交渉役として来ているッス」

「俺はノルディア。剣が得意な騎士だ。護衛役として参加している」

ランタナさんの次に自己紹介をしたのは、ランタナさんの隣に座っていたノルディア様でした。

流れ的に次はノルディア様の隣に座っている私の番でしょうか。

「私はユナ・ホワイトリーフ。こっちは私の契約精霊のヨルですの。闇魔法と氷魔法が得意なのです」

私に名前を呼ばれたことに気付いたヨルが「よろしくナ」と、羽ばたきながら挨拶をしました。

「青藍と申します。ユナ様の侍女兼護衛です。闇魔法が得意です」

私の隣に座っていた青藍の自己紹介に、反応したのは竜胆さんでした。

「青藍？　名前の響きからして、光華の国の生まれかい？」

「はい」

「そうか……闇魔法持ちであの国の生まれか。大変だっただろう。すまないね」

「いいえ、竜胆さんに謝って頂くことではありませんから」

なぜか謝る竜胆さんは、青藍の返事に困ったように眉を下げて、一瞬視線を落としました。なんとなく悲しそうな表情に見えます。ただ、それもすぐに笑顔に変わりましたけど……

「竜胆だ。アタシも光華国の生まれでね、中のことには詳しいから付いてきた。剣と風魔法が得意だよ。可愛い女の子たちはアタシが守るから、野郎どもは自分で頑張りな」

「そ、そんなぁ……自分のことも守ってほしいッス……」

ランタナさんの反応にケラケラと笑う竜胆さんは楽しそうです。一瞬悲しそうに見えたのは、私の勘違いだったのでしょうか。

「私はリリア・ジャスミンです。えっと、回復魔法が得意です。ラーノさんに魔力を補給するために付いてきました。よろしくお願いします」

「ラーノだよー。光魔法が使えるよー」

最後にリリアさんとラーノさんが自己紹介をして、全員が話し終わりました。

「ジャスミンって……ジャスミン侯爵家のご令嬢ッスか!?　なんで貴族様が一緒に来ているッスか!?」

リリアさんの名前を聞いたランタナさんがびっくりしていますが……この人、私が公爵令嬢ってことは忘れているのでしょうか？

「いや、忘れてるわけじゃないッスよ？　なんかユナさんは別枠っていうか……貴族ってより化け物みたいだし……」

「誰が化け物ですの？」

「ヒィッ、殺さないでほしいッス」

「殺さないのです」

「なら良いッスけど……」

「今は」

「今は⁉　いつかは殺すつもりッスか⁉」

冗談で言ってみたのですが、予想以上にランタナさんが怯えてしまいました。

「今じゃなくても殺さないでほしいッスけど……でも、精霊に魔力を補充するだけなら、ユナさんがやれば良いじゃないッスか。わざわざ危険な場所に、ご令嬢を連れてこなくても……それか最近孤児院に、無償で回復魔法を使ってくれる聖女のような人がいるって噂もあったッス。そっちの人に依頼しても、良かったんじゃないッスか？」

「私の魔力は、ラーノさんとは相性が悪いのです。あと、噂の聖女様は……」

「私です。魔法の練習がしたくて、孤児院に通っていました」

「えええええ⁉」

ランタナさんが叫んでいる間に、ヨルはユーフォルビア王国の外れ、シーラスの町の上を飛び越えていきます。ここから先は海上を飛んでいくことになります。

「ヨル、疲れは大丈夫ですの？」

「大丈夫だヨ。でも潮風が強いからラ、ここから先は進みにくいかモ」

ヨルの言葉に、竜胆さんが「風ならアタシに任せな」と言って魔法を使います。

「風魔法〈風道《かざみち》〉」

魔法の呪文が聞き慣れないのは、光華国の魔法だからでしょう。竜胆さんの魔法が発動すると同時に、ヨルの進む先に風で囲まれた道ができる。その道の中は、無風になっていて快適です。

「光華国に入る前に、一応今回の目的をまとめておかないッスか？　みんな聞いて来ているとは思うッスけど、いざという時に足並みが揃わないのは致命的ッスから」

「それもそうだな」

ランタナさんの言葉に頷いたのはノルディア様です。

「今回一番の目的は、キュラス国王の奪還だな」と確かめるように言ったのですが……続けてノルディア様は、驚くことを言いました。

「ただ、騎士団のほうで確認は取ったんだが、現状でキュラス国王が光華国に捕らえられたという報告は上がってきていない」

「そうなのです？」

「ああ。光華国には、騎士団からチェスター団長、冒険者ギルドからルーファスギルドマスター、隣国からキュラス国王。それから数名の騎士と一緒に向かったらしい。現地から、話し合いが長引いている旨の報告はあったらしいが、それ以外では緊急を要する報告はなかったっつう話だ」

「話し合い……確か、国境付近の海賊の処分についてでしたっけ？」

「そこんところが微妙で……捕らえた海賊はほぼ光華国の人間で確実だって話だ。だからユーフォルビアとしては処分の相談ってより、光華国も海賊に対応してほしいっていう要請的な話がメインだったらしい。だから考えられるのは光華国がごねて、話し合いが長引いてるって説だが……それだと、キュラス国王の契約精霊が逃げてきたことへの説明がつかない」

ノルディア様の視線がラーノさんに向く。リリアさんに掴まって空を眺めているラーノさんは、レオン王が捕らえられた瞬間のことを、あんまり覚えていないと言っていました。

光華国の中で突然体が重くなって、レオン王が「逃げろ！」と叫んで、魔法を使ってラーノさんだけ逃がした。ラーノさんが覚えていたのは、それくらいでした。

「レオン王も実力者ですの。本当に捕らえられていたとしても、反撃もできずに捕まるのはおかしいのです」

「ひとまず、先に光華国に入ってる奴らと合流して、状況の確認が必要だな。本当にキュラス国王が捕らえられているのか確認して……必要であれば光華国に殴りこむ」

ノルディア様の話に「ちょ、ちょっと待つッス」とランタナさんが割り込みました。顔を青くするランタナさんは「殴りこむって、そんなの聞いてないッスよ!?」と叫んでいます。

「言ってねぇからな」

「言ってないじゃないッスよ！　自分、自慢じゃないッスけど、段差で転んだだけでも骨が折れるような非力ッスからね!?　戦闘なんて無理ッスよ！」

「本当に自慢じゃないな」

騒ぐランタナさんに続いて、おずおずと手を上げたのはリリアさんです。

「私も……戦うとなると、足手まといになってしまうと思います。ごめんなさい」

「そうッスよね！　戦いは極力避けたいッスよね！」

騒ぐランタナさんを眺めている内に、少しずつ海の向こうに島影のようなものが見えてきました。まだ遠いからかもしれませんが、思っていたよりも小さな島のようです。

三日月のような独特の形をしている島国を前に、青藍の体が震えています。

「青藍、今なら帰ることもできるのです」

青藍だけであれば、〈影移動《シャドウムーブ》〉でユーフォルビア王国に戻すことは簡単です。〈影移動《シャドウムーブ》〉は影と影を繋ぐ魔法なので、どんなに距離が遠くても関係ありません。

「大丈夫です。一緒に行きます」

ぐっと握り拳を作った青藍に、ランタナさんが「大丈夫ッスか？」と聞きます。……と思ったのですが、ランタナさんが声を掛けていたのは青藍ではありませんでした。

「……ん？　アタシに言ったのかい？」

ランタナさんが見ていたのは、竜胆さんでした。

右手で刀の柄《つか》を触っていた竜胆さんは、ランタナさんの問いかけに驚いたような表情を浮かべて……それからクスリと笑いました。

「アタシだって冒険者の端くれだ。今更海を越えるくらいで緊張なんてしないさ」

「……気を悪くしてしたら悪いッスけど、そんなに殺気立っていたら流石《さすが》に気になるッス」

殺気なんて気がつきませんでしたけど……念話《テレパシー》魔法の使えるランタナさんが言うのなら、本当なのでしょうか……？

「殺気なんてないさ」

答える竜胆さんは笑みを浮かべているというのに、何故かピリリと空気が張り詰めた気がしました。

「……ん？　なんだあの黒鳥。あんなデカい鳥……まさかとは思うが、ホワイトリーフの問題児か？」

「まさか……いえ、この魔力はユナ様のものですね……」

「おいおい、嘘だろう」

二人に声を掛けようか迷っていた時、ヨルの下……海の上に浮かぶ船から、なにやら声が聞こえてきました。船にはユーフォルビアの象徴である白い花のマークが描かれています。ということは多分、あの船の上にはルーファス先生がいますね。

私の予想に答えるかのように、魔法によって生み出された風が吹いて、長い紫色の髪の魔法使い……ルーファス先生が空にのぼって来ます。

「ユナ様！　何故ここに？　それにリリア様まで」

吹き上げる風で髪の毛をはためかせながら、ルーファス先生は私とリリアさんを交互に見つめています。その近くで、赤色と青色の光が瞬きました。

ルーファス先生が契約している水の精霊《ラナリア》さんと火の精霊《アザレア》さんは、ラーノさんとは違って弱っている様子はないですね。とりあえず一安心です。

「ルーファス先生、説明は一旦後ですの。レオン王はどこにいるのです？」

「キュラス国王は光華国の王城へ入っています」

「いつ戻って来るのです？」

「……直ぐに戻ってくるとおっしゃっていましたが、入城してから既に五日が経過しています」

「そうですの……」

レオン王の名前が出たことで、リリアさんの肩に乗っていたラーノさんがピクリと反応します。

その姿を見たルーファス先生が「何故ラーノ様がこちらに」と、異常事態に気が付いてくれました。

「なるほど。だからユナ様がいらっしゃったのですね。分かりました。一度船で話しましょう。闇の精霊であるヨル様の姿を見られたら、攻撃されるかもしれません」

「こ、攻撃をされるッスか？　何も悪いことしていないのに……？」

「あの国ならやりかねないですね」

「光華は闇の属性に厳しいからな」

穏やかではない事を言うルーファス先生ですが、光華国出身の青藍と竜胆さんは、当たり前のように頷いています。光華国って本当にどんな国なんでしょうか……

上空で攻撃されては堪らないので、ひとまずルーファス先生の言う通りに、船の上に降りることにしました。

船の上にはダラリと姿勢を崩し、船の手摺《てすり》に寄りかかってこちらを見上げている髭面《ひげづら》の男性がいます。

「よォ。ノルディアにランタナとは、オリヴィアも随分思い切った戦力を投入してきたな」

だらしない雰囲気の漂う人だと思っていると、ランタナさんが「チェスター団長〜！」と叫びました。チェスター団長……？

ということはこの人、騎士団長ってことですか⁉

「お前らが来るってことは、ユーフォルビアでなんかあったのか？」

騎士団長だと思って見ると、眼光が鋭く切れ者感がありますが……何も言われなかったら、お昼寝から起きたばかりの船員さんだと勘違いしてしまいます。

「オリヴィアでも対処出来ないっつうのは、かなり厄介な事だな。報告しろ」

「実は魔王ハルジオンの忠臣……フェンリスヴォルフが王都付近のダンジョンに現れたッス。ここにいるユナさんの協力を得て退けたッスけど、いつ戻って来るかも分からない状況ッス」

報告をしたランタナさんに、チェスター団長は長い溜息を吐き出します。

「なんだって百年も前に死んだはずの生き物が、今更になって生き返ってきやがった。面倒くせぇ」

「参ったな……」とボヤいていますが、チェスター団長からは恐怖や不安などといった感情は読み取れません。この人がいれば大丈夫。そう思わせるような余裕が、チェスター団長にはある気がします。

さすがノルディア様の上司。だらしないだけの人じゃなくて良かったです。

「フェンリスヴォルフ、魔王の牙と恐れられた生き物ですね。確かに厄介ですが、一度は勇者に敗れて姿を消したのですから、きっと勝機はあるはずです」

ルーファス先生もいつもの様に優しい笑みを浮かべながら、優しい口調を崩しません。いつも通りに「私達が居ない時に、よくユーフォルビアを守ってくれましたね」と私の頭を撫でてくれました。

穏やかなルーファス先生は、いるだけで精神的支柱となって皆の心を支えてくれます。

チェスター団長とルーファス先生。この二人がユーフォルビア王国に戻れば、フェンリスヴォルフが再び現れたとしても、きっとどうにかなるでしょう。

そう思ったのですが……

「……だが、俺かルーファス、どちらか一方はまだ帰れないな」

「そうですね」

チェスター団長とルーファス先生は、ユーフォルビア王国への帰国に首を振ります。

「先程も告げた通り、キュラス国王が光華国から戻って来ません。光華国に謁見《えっけん》の申し込みもしていますが、許可が出ない状態です。キュラス国王を置いて行けば、今度はキュラスと揉める原因になってしまいますので……私かチェスター様のどちらかが残らなければなりません」

「……まぁ、俺が残って光華国と交渉を続けて、ルーファスが戻るのが順当だな」

チェスター団長は「ルーファスに残ってもらえれば心強いのは確かだが」と前置きをした上で続けます。

「常日頃から連携を取れるように訓練している騎士とは違って、冒険者は普段は個々で動く。有事の際にまとめ役は必要不可欠だ」

「……けど、それだとオリヴィア副団長の負担が減らないッス」

「俺が居ないだけで機能しないような、腑抜けた騎士団に育てた覚えはない。副団長のオリヴィアがいれば、騎士団はどうにかなる。ランタナは俺と一緒に光華国に残れ。交渉するのにお前がいた方が良い。ノルディア達はルーファスと一緒に帰って、オリヴィアの指示を仰げ」

淡々と下されるチェスター団長の判断は、確かに一番、理にかなっている気がします。

ただ……残っている問題がもう一つあります。レオン王とすぐに会えないとなると、ラーノさんの魔力不足が解決しないことです。

「ちょっと待って下さい。急ぐ気持ちはわかるのですが、出来ればレオン王に会ってから、全員でユーフォルビアに帰りたいのです」

「……ああ、ラーノ様のためですね」

精霊に詳しいルーファス先生は、何が言いたいのか察してくれたようです。話が早くてありがたいですね。

「キュラス国王の契約精霊と思われる精霊が、ユナのところにやって来ました。現状はこちらのリリア様に魔力を供給してもらっていますが、契約者であるキュラス国王と会えなければ、弱っていく一方かと思います」

「私に魔力がもう少しあれば良かったんですけど……ごめんなさい……」

私の言葉の続きを説明したのはノルディア様でした。私が言いたいことを察して説明してくれるなんて、本当に気が利いて素敵です。

リリアさんはしょんぼりとしていますが、リリアさん以外、ラーノさんに魔力を補給出来る人がいないので、そんなに落ち込まないでほしいです。むしろラーノさんの生命維持という大役を一人で担っているリリアさんは本当にすごいのですから。

「一度契約を交わした精霊が、契約者と離れて過ごすのは異常なことです。キュラス国王の身に、異常事態が起きているとしか考えられません」

精霊マニアのルーファス先生が、いまいち状況が分かっていなさそうなチェスター団長に説明をしてくれます。

「基本的に契約している精霊は、契約者の人間から譲渡される魔力によってその命を維持しているんです。契約をしていない精霊は、自然界にある魔石から漏れ出る魔力や、空気中に漂っている魔力、人間や魔物が魔法を使用する際に散らした魔力を得ている場合もありますけど。契約することが可能な、意思疎通もできる程成長した精霊にとって、そういう部分で手に入る僅かな魔力など、生命の維持には到底足りないものです」

ノルディア様の故郷の雪山にいた氷の精霊さんは、かなりの力を持つ精霊でありながら契約者を持っていない珍しい存在です。ただ、あの氷の精霊さんの場合、ノルディア様の故郷に住む村人たちが、氷の精霊さんに魔力を捧げていましたから結構レアなケースだと思います。

「他にも自然界の……例えば火の精霊なら火山。氷の精霊なら氷山。闇の精霊なら日光の入らない洞窟の奥底など。それぞれの性質の魔力が溜まりやすい場所に、精霊が存在するケースはありますが、一度人間と契約を交わした精霊は、余程のことがなければ契約者から離れて行動することはありません」

ルーファス先生の止まらない精霊話に、チェスター団長は顔をしかめます。

「難しい話はよく分からねぇな。つまりあれか？　キュラスの国王に異常があったっつう認識で良いか？」

「ええ、推測ではありますが。概ね合っていると思います」

一気にまとめたチェスター団長は「なるほどな」と呟いてから、腑に落ちないといった表情で首を傾げます。

「あのキュラスの国王が追い詰められるなんて、想像できないんだがな。うちと戦争をしていた時なんて、あの小僧の魔法で何人の仲間がやられたと思ってる」

「……光華国には〈結界〉っていう伝承魔法がある。それを使ったなら、実力者だろうが関係なく無力化される」

チェスター団長の疑問に答えたのは、それまで黙っていた竜胆さんでした。

「〈結界〉は光魔法の一種だ。光華国の中でも、ごく一部の王族しか使えない。発動に時間が掛かるのがデメリットだが、一度発動させた〈結界〉の中は、発動者の意のままの世界だ。〝魔法を使えなくする〟だったり、〝魔力を封じる〟なんて効果を付けられた〈結界〉の内部に閉じ込められたら、精霊を助ける為に逃がすこともあるんじゃないか」

皆の視線を一身に受けた竜胆さんは、「光華の機密事項だな」となんてことない様にさらっと呟きます。

「〈結界〉だ？　ンなもん聞いたことがないぞ。ランタナ、知ってるか？」

「いや、聞いたこともないッス」

「信じられないって言うならそれでも良いさ。けど、キュラス国王が〈結界〉に閉じ込められているとしたら、一筋縄ではいかないよ。情報を知っているアタシや、魔力の制限に関係なく動けるノルディアをユーフォルビアに帰すのは、良い案じゃないと思うけどな？」

「本当に〈結界〉なんて魔法があるとして、他国の人間……それも王族に使うもんッスか？」

ランタナさんの疑問に、青藍が「光華の人間なら使うと思います」と答えました。

「私はもともとあの国で……殺しの道具として使われていました。ホワイトリーフ公爵家の方に救われて国を出ることができましたが、人を人と思わない光華国が、〈結界〉なんて便利な魔法を使わないはずがありません」

「キュラスの国王を取り返して、それから皆でユーフォルビアに帰るって計画の方が、アタシは良いと思うけどね」

竜胆さんはニッと笑って言いました。いつもの竜胆さんと同じ、勝気な表情です。ただ……なんとなく、いつもの竜胆さんとは、様子が違う気がします。

「……分かった。どの道キュラス国王を連れ帰らないと、キュラス国と拗《こじ》れるからな。このメンバーのまま光華国と交渉して、状況によってはキュラス国王の奪還を進めるとしよう」

チェスター団長は何か含みのありそうな竜胆さんを怪しみながらも、一旦は竜胆さんの提案に乗ることにしたようです。

「手が空いてる奴、光華国に至急、交渉の場を設けてほしいと言って来い。ランタナ、ノルディア。

お前らは船内の騎士を集めろ。光華国から動きがあるまで、作戦を練るぞ」

「アタシらは作戦会議には入れてもらえないのかい？」

「ああ。光華の内部に詳しすぎるアンタを、今の段階で信頼し過ぎることは危険だ。悪いが嬢ちゃんたちと待っててくれ」

そう言って、チェスター団長は、ノルディア様とルーファス先生、ランタナさんを連れて船内に行ってしまいました。

ランタナさんが去り際に「大人しくしてるッスよ！　盗み聞きしたらダメッスからね！」と叫んでいましたが……ノルディア様から言われた訳ではないので、大人しく聞く必要もないですね。

「ヨル、ちょっと聞き耳を立てに行くのです」

「エー、今ダメだって言われたばっかりだヨ？」

「ノルディア様はダメと言っていなかったのでセーフですの」

「ウーン、そうなのかナァ……」

渋るヨルを連れて、私は〈影移動《シャドウムーブ》〉の魔法で影の中に潜ります。繋げる先の影はノルディア様……だと、なんか勘でバレそうな気がするので、ノルディア様から少し離れた場所に置いてあった木箱の影にしました。

影の中から出ないようにして、ノルディア様たちの会話に聞き耳を立ててみます。

「ランタナ、竜胆の思考から何か読めたか？」

「光華国に対する強烈な嫌悪感ッスかね。光華国に好意的な感情は見られないので、スパイとかの可能性は皆無ッス。……ただ、あそこまで心が光華国への刺々しい気持ちで埋まっているとなると、これを機に壊滅を目論《もくろ》んでいるとかはあるかもしれないッス」

チェスター団長の問いかけにスラスラと答えるランタナさん。普通に会話をしながら念話魔法《テレパシー》で思考を読んでいたのでしょう。魔法の発動も、誰にも気付かれなかったようですし、本当に情報収集は得意なんですね。

「ホワイトリーフの嬢ちゃんは……まぁ、ノルディアがいるから味方なのは間違いないだろうな」

「そう……と言いたいところなんスけど、ユナさんは闇の精霊と契約しているからなのか、心が読みにくいッス。表面的な部分だけ読んだ感触では裏表は無さそうな気がするんスけど……」

へぇ、私って心が読みにくいんですね。初めて知りました。

『オイラのおかげだヨ！　オイラがネ、あいつがユナの心に触りそうな時ニ、あっち行けって弾いてるんダ！』

影の中だから姿は見えませんが、どこか自慢げなヨルの声が、念話の状態で聞こえてきました。

『ヨル、私が知らないところでも頑張ってくれているんですね。えらいです』

『ウン！　オイラ、偉イ！』

褒めてあげると、影の中の闇が一層濃くなったような気がします。ヨルが褒められて嬉しくなって、黒い靄《もや》の体をまき散らしていたりするんでしょうか……？

「ユナのことは大丈夫だ。俺が保証する」

「他は……青藍さんも少し危ないッスかね……」

ヨルのことを気にしている間に、話は進んで行きます。

「青藍さんが光華国の話をする時、怯えや恐怖の感情が出てるッス。竜胆さんみたいに何をしでかすか分からないって事は無いッスけど、いざという時に竦《すく》む可能性があるッス」

「青藍さんはユナの護衛だ。怯えたとしても、ユナが近くにいれば動く」

「ええ。彼女は大丈夫でしょう」

ランタナさんの懸念に対して「青藍は大丈夫だ」と答えたのは、ノルディア様とルーファス先生ですね。ノルディア様はともかく、ルーファス先生まで青藍を信じているのは意外です。青藍が信じられないという訳ではなく、ルーファス先生と青藍は、あまり関わりがなかったはずですが……

「冒険者ギルドで青藍さんの仕事ぶりは見ています。とても真面目で責任感も強い。ですが、こなせない仕事を引き受けるほど、自分の力を見誤ることはありません。そんな彼女が、今回の仕事はこなせると思って付いて来ているのなら、大丈夫だと思いますよ」

なるほど。ルーファス先生は、冒険者ギルドで私やノルディア様と一緒にいる青藍を見ての判断だったのですね。それにしてもたくさんいる冒険者のことを、ルーファス先生はよく見ているのです。

「分かった。ならホワイトリーフの問題児と護衛は一括《ひとくく》りだな。ジャスミン家のご令嬢と竜胆もまとめておけばいいか。本当は全員、船に置いていきたいくらいだが……」

「ユナを置いていくことはおすすめしません。勝手に付いてきますから、最初から仲間に入れておいたほうが、まだ制御できます」

「ラーノ様とリリア様も、置いて行くのは不安ですね。不測の事態が起こって魔力不足に陥った場合、最悪ラーノ様が消滅する可能性があります」

「そうなると……竜胆さんだけ船に残すのもちょっと……一人にしたら、何をしでかすか分からないッスよ……」

全員の話を聞いたチェスター団長は、「厄介な奴しか集まらねぇな」と呟きました。ゆっくりと目を閉じて、面倒くさくて仕方ないとでも言うように長い溜息を吐いた後、チェスター団長は「だがまぁ、戦力的には十分すぎるくらいか」と言いました。

「こっちの手駒は反則気味の念話魔法《テレパシー》に、最高の剣術、最高の魔法。それから器用貧乏。この時点でもう完璧だ」

念話魔法《テレパシー》と言いながらランタナさんを、剣術でノルディア様を、魔法でルーファス先生を指差して、最後にチェスター団長は自分を指差しました。

前半は分かりますが、最後の器用貧乏って何でしょう……？

「まずは光華国との対話を狙うぞ。大人しくキュラス国王を返すのなら、それで平和的に解決だ。

キュラス国王の身柄を確保できた時点で帰国を優先する。当初の予定だった海賊の件は、最悪保留にしても良い。交渉役はランタナ、いつも通りにお前がいけ。俺とルーファスが護衛につく」

作戦を告げるチェスター団長ですが、その中にノルディア様の名前がありません。

仲間外れは良くないのです。

「話し合いで解決しなかった場合は、戦闘になってもキュラス国王を取り返す。そうなった場合に備えてノルディア、お前は冒険者組をまとめて上手く城の中に侵入しておけ。交渉が成立したら、その時点で全員撤退だ。逆に交渉不成立の合図が出たら、好きに暴れて良い。どんな手段を使ってもキュラス国王を捜し出せ」

「……厄介なの、全部俺のほうに集まってねぇか？　良いですけど」

「仕方ねぇだろ。ホワイトリーフの問題児はお前しか制御できない。期待してるからな」

チェスター団長にポンと肩を叩かれたノルディア様は、なんとも言えない顔をしていました。チェスター団長に期待されて嬉しい反面、内容が微妙で喜びにくい、といった表情です。

話し合いを終えた四人が、部屋から出て行ってしまったので、私も船上のほうへ戻ることにします。

素知らぬ顔でノルディア様に「おかえりなさいですの」と言ってみたのですが、「盗み聞きはするなってランタナに言われてただろ？」と返されてしまいました。なんでノルディア様にはバレてしまうのでしょう？

「やっぱり愛の力は偉大ですの」

「気配《けはい》で分かるからな」

第二章　打倒光華国！　作戦は「ガンガン行こうぜ！」です

光華国の中で、一際《ひときわ》大きな建物の中。他国とは異なる、石瓦《いしがわら》で造られた屋根が特徴的な王城の一室。

「雛菊《ひなぎく》様、少々よろしいでしょうか」

黒髪の少女……「雛菊」と呼ばれた若い光華国女王は、部屋の外からの呼びかけに顰《しか》め面《つら》をして、「何《なん》ぞ」と呟いた。

「失礼します」

スゥと引き戸が薄く開いた先の廊下で、従者の女が深々と頭を下げていた。

「雛菊様、恐れ入ります。ユーフォルビアの国の者が、雛菊様と謁見したいと申しております」

女の言葉に、雛菊は「しつこい国め」と忌々《いまいま》しげに吐き出した。

「雛菊は会いとうない。いつもの様《よう》にそう告げよ」

雛菊の白い手の先には、寝台に横たわるオレンジ色の髪の青年……レオンの姿がある。レオンの目はぴったりと閉じていて、起きる気配は微塵《みじん》もない。

「ユーフォルビアの人間が、この花を持ってきました。雛菊様に渡して欲しいとのことです」

そう言って扉の間から差し込まれたのは、小さな赤い花。何も知らない者が見れば、見たことも無い珍しい花だとしか思わないだろう。だが、その正体は光華国でしか作れない中毒性が極めて強い毒草……栽培方法が特殊な赤鈴蘭《あかすずらん》という名前の花だった。

雛菊は暫《しば》し黙り込み、それから「何故ユーフォルビアが？」と小さく首を傾げる。

何故ユーフォルビア王国が赤鈴蘭を持っているのか。なぜ赤鈴蘭を、雛菊の元まで届けさせたのか。

「なぜ……？　光華国由来の物と知って持ってきたのか？　知っているとしたら、どこまでの情報を知っている？」

考えを巡らせた雛菊だったが、すぐに止めてしまう。雛菊はあまり物事を考えるのが得意ではなかった。何があろうとも、誰が来ようとも、雛菊の〈結界〉の前では無力なのだから。考えるだけ無駄だろう。

「気が変わった。雛菊が会《お》うてやろう。ユーフォルビアにそう伝えよ」

「畏《かしこ》まりました」

赤い花を指先で弄《いじ》りながら、雛菊はそれを口に含む。

「雛菊様!?」

驚愕の声を上げる女を無視して、雛菊は寝台に眠らせていたレオンに口付けた。雛菊の艶のある黒髪が一筋、レオンの体に落ちていく。眠るレオンの口内へ、口移しで赤鈴蘭を入れると、その体がピクリと動いた。ゴクリと喉が動くのを確認して、雛菊はレオンの唇から離れる。

「ふふ、良《よ》い。これで雛菊の元から離れられない」

眠るレオンを見つめて、雛菊は満足気な笑みを浮かべた。

しかし、続く従者の言葉で、雛菊の機嫌は一変してしまう。

「……ユーフォルビアは、キュラス国王との顔合わせも希望しています。いかがなさいますか？」

「コレが雛菊のモノと知っての言葉か？」

「いえ、ですが……」

「化けるのが得意な獣人《ケモノ》がいるだろう。獣人《ソレ》を会わせれば良《よ》い」

「承知しました」

不機嫌な雛菊の苛立ちをぶつけられては敵わないと、従者は頷くと、足早に部屋を出ていった。

襖《ふすま》が完全に閉められるのを待って、雛菊は眠るレオンを抱きしめた。

「ようやっと二人きりぞ。もう二度と、誰にも雛菊のものを奪わせない」

憎々し気に呟く雛菊の瞳は、気の強そうな猫目。その瞳は……竜胆のものと、よく似ていた。

◆　◇　◆

光華国から「面会の場を設ける」という返事をもらった後……

「初めまして。私はユーフォルビアの騎士団を束ねる、チェスター・アイビーと申します」

光華国女王である雛菊を前に、チェスターは恭《うやうや》しく頭を下げていた。チェスターの背後には同じように頭を下げるランタナとルーファスがいる。

「御多忙の中、謁見《えっけん》の場を設けていただき光栄至極に存じます」

心の中では『このクソアマが。今までさんざん無視してくれやがって、よく顔を出せたなぁオイ』と思っているチェスターだが、表情に出さない程度の堪え性はある。

今までチェスターの謁見《えっけん》の申し出を何度も断ってきた雛菊は、ユナが渡すよう言ってきた小さな赤い花を見た途端、手のひらを返すように「会うてやろう」と伝えてきた。

「シーラスの町で暴れていた海賊が持っていたのです」とユナに渡された花は、光華国由来の毒草らしい。いざという時はそれを証拠として「光華国の海賊がユーフォルビア王国に攻めてきた」と抗議して、海賊の問題を解決させようとチェスターは考えていた。

「ふむ。海賊の件だったか。雛菊はユーフォルビアに望むことはない。好きに処分するが良《よ》い」

「ここまで会うのを渋るほどだから、話し合いは当然難航するだろう」と考えていたチェスターの予想に反して、雛菊は興味の欠片《かけら》も無いというように吐き捨てる。

ピクリ、と瞼《まぶた》を動かしたチェスターは、後ろに控えるランタナに向かって小さく手で合図した。

ここに来る前、ランタナには光華国側に何か企みがあるのなら、心が読めた時点で伝えるようにと指示していた。

しかし、チェスターの合図で念話魔法《テレパシー》を使い、雛菊の心を読んでいるはずのランタナは動かない。ということは、雛菊の言葉に嘘はないということだ。

「では、以前に光華国が主張していた、海賊の出身がユーフォルビアだった場合の賠償金の件や、海賊が所有していた財宝の配分等の要求は取り下げると受け取ってもよろしいでしょうか？」

「何ぞ。そのような事を申し付けていたのか。雛菊の望んだことではない故、好きにするが良《よ》い」

様子見も兼ねて投げかけたチェスターの問いに、雛菊は不思議そうな表情をしながら首を縦に振る。雛菊の背後に立っていた、光華国の男が「雛菊様」と窘《たしな》めるように名前を呼んだ。

「そちがそのような要望を出していたのか？」

「海賊の被害には、我が光華国も散々悩まされていたのですよ。それを賠償も放棄するおつもりでしょうか」

「ならば、光華が海賊の対処を行えば良かっただけのこと。さすれば財宝なんぞ、独り占《じ》め出来ただろうに。そうすることもせず、金銀だけは寄越せなぞ浅ましいにも程がある」

自国の人間にピシャリと言い放った雛菊は、反論したそうな顔をする男に「黙っておれ」と命じた。

「しかし……」

「雛菊は黙っておれと命じた。まさか聞こえなかったのではあるまい？」

「い、いえ。失礼いたしました」

尚も続けようとした男だったが、雛菊がギロリと睨みつけた事で、そそくさと後ろへ下がった。悔しそうな表情をしているところを見るに、本意ではないのだろうが、女王である雛菊に逆らえないのだろう。

「話を中断させてしまったが、これで海賊の事は解決で良《よ》かろう。……ところで、そち等《ら》は何処であの赤き花を？」

「赤い花、というのは先日送った物でしょうか？　あれはユーフォルビア王国を襲った海賊が持っていた物です。何らかの手掛かりになれば、と思い送らせて頂きましたが……あの花がどうかしましたか？」

海賊の件が片付いたなら、わざわざ問題を増やす必要も無い。そう判断したチェスターは、赤い花の事は知らないフリをした。

「……否《いな》。見た事もない花と思い、興味を持っただけだ。知らぬのならもう良《よ》い。そち等《ら》はユーフォルビアへ帰るが良《よ》い」

話は全て終わったと言わんばかりの雛菊は、チェスターの返事を待たずして立ち上がる。そのまま出ていこうとする雛菊に、チェスターは「お待ちください」と声を掛けた。

「キュラス国王も共にユーフォルビアへ戻る船に乗っていただきたい。先日入城してからお戻りにならないのですが、キュラス国王は今、どちらにいらっしゃるのでしょうか？」

「団長ッ！」

雛菊の思考を読んでいたランタナは、一瞬で雛菊の感情が怒りに染まったことに気がついた。殺意にも近い激怒の感情にランタナは慌てたが、雛菊が取った行動は、ただ振り返る。それだけだった。

「……アレは光華国を気に入り、ここに残ると言うておる。万が一ユーフォルビアへ戻ると申せば、雛菊が責任をもって船を出そう。そち等《ら》は気にするでない」

雛菊は表情の抜け落ちた顔で告げて、今度こそチェスターの前から姿を消した。

雛菊が部屋から出る一瞬、扉の外にレオンの姿が見えた。

「キュラス国王！」

思わず立ち上がりかけたルーファスに、ランタナが「偽物ッス。思考が全く違うッス」と早口で告げる。ゆっくりと閉まる扉を見つめるランタナは、念話魔法《テレパシー》でレオンの姿をした何者かの思考を読んでいた。

雛菊に対する恐れや怯えばかりが読み取れる彼は、洗脳でもされていない限り、レオン本人では無いだろう。……「彼」と言っても魔法で姿を変えている以上、性別なんて分からないけれど。

「仕方ねぇな、交渉は決裂だ。ランタナ、手筈《てはず》通りにやれ」

チェスターが指示を出すと、ランタナは念話魔法《テレパシー》で合図を送る。

『別働隊、仕事ッスよ！　交渉は決裂、ここからは力ずくでキュラス国王を奪還する作戦に変更ッス！』

念話魔法《テレパシー》を送る相手は、王城の近くで待機をしていたユナ達。

『了解ですの。レオン王奪還、任せるのです』

当たり前のように念話魔法《テレパシー》で返事をしてきたユナに、ランタナは「念話魔法《テレパシー》……使えるなら使えるって、早く言ってほしかったッス……」と項垂れた。

「ランタナ、遊んでる暇はねぇぞ！」

「え？　交渉班もなにかやるッスか？」

「ノルディアたちを動きやすくしてやるんだよ。ほら、行くぞ」

項垂れていたランタナの首根っこを掴んだチェスターは、すぅと息を吸い込んで立ち上がる。

「キュラス国王ぉおおおお!!　お待ちください、あなたを連れ帰らなければ、キュラス国に申し訳が立ちません!!」

と叫んで、チェスターはランタナを掴んだまま走り出した。行き先は偽物のレオンが立っていた廊下だ。ドアを力いっぱい掴んで、バキリという破壊音を響かせながら思いきり開く。

「ユナ様たちの方へ向かう人を減らしてあげないといけませんからね」

いつのまに隣に来たのか、チェスターと並んだルーファスが魔法を放つ。

チェスターの迫力に怯えて逃げ出した偽物のレオン。彼を捕らえようとする……ように見せかけて、その周囲を破壊するように放たれた水魔法が、室内の壁をゴリゴリ破壊していく。

「ヒィッ！」

一歩間違えれば巻き込まれていたであろう高威力の魔法に、偽レオンはますます怯えてしまい、とうとうレオンを演じる余裕もなくなったのか、足をもつれさせて転びかけながら逃走を図る。

「どうして逃げるんですかァッハッハッハ！」

今まで鬱憤《うっぷん》を溜めていたのだろうチェスターが、笑い声を上げながら偽レオンを迫っていく様子は、どこからどう見ても立派な悪役だ。

「ああ、もう。どうなっても知らないッスからね！　念話魔法《テレパシー》『キュラス国王！　一緒に帰って欲しいッス！』」

やけになったランタナも念話魔法《テレパシー》で大騒ぎをしながら、城内の人間を集めていく。

「国際問題ッスよぉ……」

嘆くランタナに、ルーファスが「仕方ありませんよ」と微笑む。

「キュラス国王の精霊が消滅の危機となったら、国際問題なんて気にしていられませんから……」

穏やかな口調で言いながら、容赦なく光華国の人々を水魔法で流していくルーファスを見て、「あ、もしかしてルーファスさんも怒ってた感じッスか？」とランタナは嫌な汗を流した。

◆◇◆

『別働隊、仕事ッスよ！　交渉は決裂、ここからは力ずくでキュラス国王を奪還する作戦に変更ッス！』

ランタナさんの念話魔法《テレパシー》が聞こえてきた直後、ドォン！　と激しい音がお城から響いてきました。

「派手にやってるじゃないか」

竜胆さんの見つめる先には、光華国の兵士が大量の水に流されて、王城の窓から外へ落ちてくる光景があります。

どうやら交渉チームに先手を取られたようですね。あっちが人を引き付けてくれているうちに、こちらも早く動かないといけません。

「ユナ様、手筈通りに〈幻影《イリュージョン》〉を使います」

私の近くに控えていた青藍が、〈幻影《イリュージョン》〉……姿を隠す魔法を使って、全員の姿を透明にします。同じ魔法にかかっている者同士なら姿を見ることはできますが、そうでない場合は魔力感知でもされない限り見つからないはずです。

強行突破でも良かったのですが、リリアさんとラーノさんもいるので、少しでも安全策を取ることにしてあります。

竜胆さん、青藍、私、ヨル、ノルディア様、そしてノルディア様の背後で守られているリリアさんとラーノさん。全員にしっかりと魔法がかかったことを確認して、王城の窓から侵入しようとしたのですが……

「やっぱり〈結界〉が張ってあるね」

……透明の膜《まく》のようなものに阻まれて、室内に入ることができません。

「これが〈結界〉ですの」

「ああ。許可した者以外の侵入を禁ずるとか、そういう効果の結界だろうね」

試しに力を込めて〈結界〉を押してみますが、ビクともしません。かなりの強度のようです。

「なかなか厄介な魔法ですの」

「でモ、オイラとユナにハ、関係無いけどネ」

私の肩に乗っていたヨルが、黒猫の体をサァと溶かして、黒い霧状の本体を表します。

「ユナ、魔力貰って良イ？」

「良いのです」

私の魔力を吸って、さらに大きくなったヨルが〈結界〉に触れました。「消えロ」とヨルが呟いた瞬間、〈結界〉がヨルの黒い魔力に飲み込まれて消えてしまいます。

案外軽く消えましたね。王城を囲むほどの大きさだったので、脆《もろ》かったのでしょうか？　もしくは……〈結界〉が、闇魔法と相性の悪い、光魔法で作られているものなのでしょうか……

……まぁ、今考えたところで答えなんて分かりません。

「これで中に入れるゾ」

ヨルに「ありがとうですの」とお礼を告げて、先に進むことにしました。

〈幻影《イリュージョン》〉で姿を消した状態で侵入した光華国の王城の中は、慌ただしく走り回る光華国の人間でいっぱいです。チェスター団長達を追っているのでしょう。

怯えたリリアさんが小さな声を上げてしまいましたが、慌てている光華国の人達が気付いた素振りはありませんでした。

「もう大丈夫ですの、今は周囲に人がいないのです」

「き、気付かれなくて、良かったです……」

必死に口元を押さえていたリリアさんは、周囲に人がいなくなると、ホッと息を吐き出しました。

いざと言う時はリリアさん以外の全員が戦えるようにはしていたので、見つかっても大丈夫ではあったのですが、非戦闘員のリリアさんは怖かったでしょう。

ラーノさんがリリアさんを慰めるように、リリアさんの頬にすり寄っています。

「レオン王の魔力は結構特徴的なのですが……なかなか見つからないのです……」

リリアさんとラーノさんの護衛をノルディア様に託して、私とヨル、青藍に竜胆さんの四人は城中を魔力感知で探ります。

レオン王は、光の魔力が強い特徴的な魔力をしています。広い城内とはいえ、四人で捜せばすぐに見つけられると思っていたのですが……なかなか見つかりませんね……

レオン王を見つけて、ラーノさんに引き合わせて、そのまま〈影移動《シャドウムーブ》〉で逃げる作戦だったのですが、完全に当てが外れてしまいました。

作戦の変更も考えないといけませんが、交渉チームと合流するのは難しそうですし、どうしましょうか。

「アタシに心当たりがある。王様は多分、東の離れに居るはずだよ」

悩む私達に告げたのは、竜胆さんでした。

ゆっくりと右手を上げて、竜胆さんは近くの窓から見える、他の建物から少し離れた場所にある部屋を指差しました。

本当にそこにいるのなら、ありがたい情報ですが、なんで竜胆さんはそんなことまで知っているんでしょう……？

「師匠、それはいつもの勘か？」

ノルディア様も私と同じ疑問を持ったようで、竜胆さんに問いかけます。竜胆さんはいつものからかうような笑みを消して、首を横に振った。

「いいや、勘なんかじゃない。ただの確信さ。王城から戻ってこないなら、雛菊……この国の女王に捕らえられたんだろう。今、この国で〈結界〉を使えるのはあの子だけだからね。雛菊は自分の所有物を、東の離れにしまいこむ癖がある。ついでに、あの離れにだけ強めの〈結界〉が張ってあるところを見ると、アタシの読みは合ってるはずだ」

「なんで師匠がそんなことまで知っている？　それにあの子って……師匠は光華の王と、どんな関係があるんだ？」

「どんな関係だろうね。向こうがどう思っているかは知らないけど、アタシにとっては断ち切りたいけど断ち切れない因縁ってところかな」

無表情で淡々と告げる竜胆さんは、私と目が合うと「大丈夫だよ、姫さん。そんなに不安そうな顔をしなくても、アタシは姫さんの味方だよ」と少しだけ微笑んでくれました。

「さっき〈結界〉に手を出しただろう？　雛菊はアタシ達のことに気付いてる。多分そろそろ来るころだ。雛菊にはアタシが対処する。アンタ達は王様の所に行ってやりな」

その言葉を待っていたかのように、巨大な魔力の持ち主が、ゆっくりとこちらに向かってきます。この感じ……魔力量だけなら、竜胆さんより格上の相手です。

「一人で大丈夫なのか？」

「……アタシがけりをつけないといけない問題だ。どうにかするさ」

そう言って、竜胆さんは歩き出します。チェスター団長達が暴れ回っている中央付近ではなく、私達がこれから向かおうとしていた東でもない方向へ。迷いのない足取りで進む竜胆さんは、自分が行くべき方向を分かっているようでした。

「ああ、そうだ。もしも王様を見つけたら、アタシの事は気にせず、ユーフォルビアに帰って良いよ」

「竜胆さんっ！　一緒に……皆で一緒に、帰りたいです！」

振り返らずに告げる竜胆さんに声をかけたのは、意外にもリリアさんでした。

事情も何も知らないリリアさんだからこそ伝えることが出来る真っ直ぐな言葉に、竜胆さんは小さく片手を上げて応えました。

「……行くぞ」

「ノルディア様、竜胆さんを置いて行ってしまって良いのです？」

「俺の仕事はキュラス国王の捜索と奪還。それからリリア様とラーノ様の護衛だ。師匠も気になるが、仕事を終わらせるのが先だ」

ノルディア様の言葉は冷たいようにも感じます。でも、今までよりも早足で進もうとしている様子からして、ノルディア様だって、竜胆さんのことが心配なのでしょう。

「急ぐのです」

「ああ」

一刻も早く、レオン王を救出しましょう。その後に竜胆さんの援護に戻って、全員でユーフォルビア王国に帰るのです！

◆　◇　◆

「……行ったか」

ユナたちを見送った竜胆は〈幻影《イリュージョン》〉の魔法を解き、広い部屋の中に入っていった。戦闘になるとしたら、この部屋が一番動きやすい。竜胆はいつでも動ける準備をしてから、ゆっくりと目を閉じた。

懐かしい光華国の城の中を、これ以上見ていたくなかった。しかし、視覚からの情報が無くなった分、他の五感が情報を拾いすぎてしまう。独特の香り、衣擦《きぬず》れの音。些細《ささい》な情報の全てが、光華国に帰ってきてしまったことを竜胆に突きつけてくる。

「……ああ、でもこれはダメだな」

嫌でも思い出してしまう。竜胆がこの国に生まれてから逃げ出すまで……味わってきた地獄の日々を……

◆◇◆

「お前はほんに使えないな」

竜胆の母……光華国の前女王は、幼き竜胆にそう言っていた。

光華国では〈結界〉を使える者が王になる。そんな国で、女王の子として生まれた竜胆だったが、悲しいことに〈結界〉の力を一切受け継がなかった。

代わりに〈結界〉を発動する兆《きざ》しを見せていたのは、竜胆の後に生まれた妹の雛菊。故に母は雛菊のことを好いて、竜胆のことを分かりやすく嫌っていた。

「使えない子」の烙印《らくいん》を押された竜胆にできたのは「申し訳ありません」と頭を下げることだけだった。

地面に頭を付けて謝罪する竜胆を、母は当然のように見下していた。父もオロオロするばかりで母を止めることはしない。しかし、それは仕方のない事だった。何故なら父も、〈結界〉の力を持たない王族だったから。

〈結界〉の力を持つ者が偉く、〈結界〉の力を持つ者が正しい。それが、この国の王族の常識で……竜胆はそれが、堪らなく嫌いだった。それでも、自国の周りは海ばかり。小さな竜胆には海を越える術《すべ》がなく、必死に耐えていた。

そんな狂った世界で唯一竜胆が幸運だったのが、付けられた従者の女が優しいことだった。

「竜胆様。ほら、そんな暗い顔をしないで下さい。せっかく美人なのに台無しですよ。食堂から桃を盗んで来ましたから一緒に食べましょう。お好きでしょう?」

王族とは思えない質素な食事に、時折女が付けてくれる果実が、竜胆にとってのご馳走だった。柔らかくて甘い果実なんて、〈結界〉を受け継がなかった役立たずの竜胆は、食べさせて貰える筈がなかったから。

けれど……優しくて大好きだった従者の女も、母の手で殺されてしまった。「獣人だというのを隠していたから」という、それだけの理由で。

殺されてしまった女の背中には、小さな白い鱗《うろこ》が数枚あった。多分、先祖の誰かに白蛇の獣人の血が流れていたのだろう。服で隠れる場所にあった、たった数枚の鱗《うろこ》のせいで、竜胆が好きだった人は殺されてしまった。

父は母が殺した女の肌を見て、納得したように頷いていた。頷いて、言った。

「確かに獣人だ。仕方がないね。この子を獣人と知って、王城に送り込んできた村の人々も同罪だ。毒を飲ませて殺すとしよう」

そう言って血のように真っ赤な花を取り出して、父は竜胆に手渡した。

「はい、竜胆」

「え……？」

「〈結界〉が使えない君は、汚れ仕事をやらないといけない。この花……赤鈴蘭を村の人に食べさせてくるんだ。赤鈴蘭は中毒性の高い毒花だから、一度でも摂取した者は赤鈴蘭が欲しくて堪らなくなって、赤鈴蘭のことしか考えられない体になる。花が欲しいなら村人同士で殺し合えとでも言えば、竜胆が手を下さなくてもすぐに村は滅びるよ」

毒花を押し付けて人を殺してこいと命じる父と、竜胆にとって大切だった獣人の亡骸《なきがら》を「汚らわしい」と蹴り上げる母を前にして、竜胆の心は耐え切れなかった。

「風魔法〈風刃《ふうじん》〉、一刀両断」

「竜胆、何を⁉」

「危ない！」

気が付いた時には、目の前に血が広がっていた。血は、切り刻まれた母と父の体から流れたもの。竜胆が持つ刀からも、赤い血が滴《したた》っている。誰がやったかなど、考えるまでもなかった。

「あ、あ、あああああ！　私は……！　なんてことを……」

正気に戻った竜胆は、光華国から逃げ出した。

人殺しになってしまった自分など死んでしまったほうが良いと、小さな船に飛び乗って海に出た。食べる物も飲む物もなく、ただただ漂流していただけの船が、運よくユーフォルビア王国に流れ着いた時、竜胆は神に生かされたのだと感じた。

生かされたのならこの命が尽きるまで、何か人の役に立てるようなことをしよう。あの両親の血を引く自分が、人殺しの自分が、生きていても良いのだと思えるように……

そう思って、竜胆は今まで生きてきた。

◆　◇　◆

「……あの時、アタシは雛菊も一緒に殺しておくべきだったんだろうかね」

正解なんて分からない。けれど、竜胆が去った後の光華国でも、獣人の差別は変わらず行われ、毒花の栽培はされている。雛菊もきっと、大嫌いな両親と同じような生活をしているのだろう。

トン、トンと軽い足音が近付いて来る。

「懐かしい魔力を感じると思ったら、やはり姉上でしたか。もう光華には戻って来《こ》ぬかと思っていました」

足音と共に現れたのは、黒い髪の、竜胆によく似た女の子。もう長いこと会っていない竜胆の妹、雛菊だった。

「アタシの事を覚えているのかい。最後に会ったのは小さい頃だったろうに。感動で涙が出ちまいそうだよ」

竜胆が光華国から出たのはもう何年も前のことだ。あの頃は竜胆のことを慕っていた雛菊も、今では睨《にら》みつけるように竜胆の事を見つめていた。

「雛菊、アンタの行動は他国にとって迷惑だ。姉のアタシが直々《じきじき》に止めてやるから感謝するんだね」

「〈結界〉も使えない姉上が、雛菊に敵う訳がありませんのに」

「やってみないと分からないさ」

軽い口調で返した竜胆は、落ち着いた動作で刀を抜いた。

竜胆の刀が雛菊に向けられて、雛菊の手のひらが竜胆へと向けられる。

「風魔法〈風刃《ふうじん》〉！」

「〈結界〉よ、雛菊の盾となれ」

〈風刃《ふうじん》〉と〈結界〉がぶつかり合い、弾けた余波が城の壁を削って壊した。

◆
◇
◆

ゴォン……

竜胆さんを置いて来てしまった方向から、大きな音が響いてきます。

「竜胆さん、大丈夫でしょうか……」

リリアさんも不安そうな表情で呟きます。

「大丈夫だ。あの人はふざけているように見えて強い」

ノルディア様が力強く言ってくれるので少し安心しましたが、それでもやはり心配です。

「まぁ、青藍が残ったので大丈夫だとは思いますが……」

青藍は竜胆さんと別れた後、「竜胆さんの援護に行きたい」と言い出したので向かわせました。

私とリリアさんの護衛は、ノルディア様がいれば百人力なので、青藍が少しくらい離れていても問題ありません。

ノルディア様は超絶強くてカッコよくて私の自慢の婚約者様ですから！

ま、まぁ問題があるとしたら、青藍が怪我《けが》をしてしまったら、私がリー兄に責められそうなことくらいですね……あ、想像したら怖くなってきました……

「やっぱり急いだほうが良さそうなのです」

走り出そうとした瞬間……青藍にかけてもらっていた〈幻影《イリュージョン》〉の効果が突然消えました。

「……え、えええええ⁉　青藍に何かあったのです⁉」

まずい、まずい、まずすぎます！

青藍にはリー兄の魔道具があるからと油断していました。今すぐ青藍を助けに戻ったほうが良いでしょうか？　〈影移動《シャドウムーブ》〉を使えば青藍のところまでは一瞬ですから……あれ……？

「魔法が使えなくなっているのです？」

パニックになっていて気付きませんでしたが、〈幻影《イリュージョン》〉や〈影移動《シャドウムーブ》〉だけでなく、全部の魔法が使えなくなっています。試しに氷魔法を使おうとしましたが、発動すらできません。

「本当ですね、私の回復魔法も使えません」

「オイラも！　魔法が使えないノ、生まれて初めテ！」

リリアさんもヨルも、魔法が使えなくなってしまったようです。

しかも運の悪いことに、目の前には光華国の兵士さんがいっぱい。

「なんだあいつら、どこから入ってきた⁉」

魔法しか戦闘《せんとう》手段のない私にとって、これは大ピンチです。

「ユナ、一旦下がれ」

私を庇《かば》うように前に出たノルディア様に対して、迎え撃つ光華国の兵の数は十名以上。

「侵入者！　侵入者がいるぞ！　手が空いてる奴は来い！」

叫びながら向かって来る兵士の手には、槍《やり》が握られています。逃げ場のない通路の中で、魔法が使えない状態で戦うのは厄介な相手ですが……魔法など関係ない剣術の天才、ノルディア様の前では関係ありません！

「急いでいるんだ、道を開けろ」

光華国の兵が持っていた槍は、振るうことも許されないままノルディア様の剣で切り落とされていきます。

バラバラと落ちていく槍だった物の残骸。驚いて叫ぶ光華国の兵に、ノルディア様は「次は斬《き》る。斬られたくない奴は今すぐに去れ」と告げて剣を構えました。

「はぅう、ノルディア様がカッコいいのです。どうして今、魔法が使えないのでしょう。私を庇《かば》って戦闘《せんとう》に入るシーン、一瞬で敵を制圧するお姿、素敵ですの。空間魔法〈映像保存《ピクチャー》〉で撮りたかったのです」

悔しがる私をリリアさんが「ふふ」と笑いながら「残念でしたね」と慰《なぐさ》めてくれました。

「でも本当にすごいです。剣一つで、あんなにお強いなんて」

ノルディア様の強さに感心するリリアさんに、私は嬉しくなって「そうですの！」と力強く返事をしてしまいました。

「ノルディア様は本当にすごいのです！」

いつもはノルディア様と一緒に戦っているので、こうしてゆっくりとノルディア様の戦闘《せんとう》シーンを見られるのは久しぶりです。ノルディア様に守ってもらえて、カッコいい姿まで見られるなんて、たまには魔法が使えないのも悪くないです。

「オイラも魔法使えないけド、ユナの役に立つヨ！」

ヨルも体の形を変えるのは、魔法ではないためできるようです。武器を失ってうろたえる光華国の兵に、黒狼の姿に変身して体当たりをしています。

ヨルの体当たりをくらった人が、あり得ないくらい遠くに飛んで行きます。だ、大丈夫でしょうか。

「あれ⁉　なんで魔法が使えないんだ⁉」

「なんでただの剣が、鉄製の槍《やり》まで切ってくるんだよ！　あいつのアレは魔法じゃないのかよ⁉」

「盾魔法！　盾魔法！　発動しない！　狼に轢《ひ》かれる！　う、うわぁぁぁぁああ‼」

しかも、光華国の人間まで魔法を使えなくなっているみたいです。ノルディア様の剣と、ヨルの体当たりをくらって、ものの数秒で光華国の兵は壊滅《かいめつ》状態に陥っています。

「ヒ、ヒィイ！　化け物！」

増援でやってきた兵も、ノルィア様とヨルを見て怯えてしまっていますし……なんだか、弱いものの虐《いじ》めをしているような気持ちになってしまいますね……

「急いでるって時に次から次へと面倒くせェな。……魔法が使えないのは〈結界〉のせいか？　なら、〈結界〉を斬《き》れば良いか」

ノルディア様も嫌になってきたのか、空を見上げて呟《つぶや》きました。

窓から見える空には〈結界〉など見えませんが……多分、どこかに張られているのは間違いないでしょう。

「良い考えですの！」

「オイラも魔法使えないト、イチイチ体当たりするの面倒臭イ」

私達の言葉に、ヨルの体当たりをくらって動けなくなっていた男性が呻《うめ》きながら「馬鹿なことを」と呟《つぶや》きます。

「これは雛菊様の魔法だ！　雛菊様の魔法は最強だ。誰も雛菊様には敵《かな》わない！　だから雛菊様が一番偉いんだ！　それを壊せると思うなよ！」

「あ、生きていたみたいで良かったのです」

「おう、死んだかと思ってたけど、結構大丈夫みたいだな」

言っている内容より、結構元気なことに驚きました。

「やっぱりノルディア様も、死んじゃったかな、と思いました？」

「おう。吹き飛んでたからな」

呑気《のんき》に話す私とノルディア様を見て、男性は「本気か？」と唖然《あぜん》としています。

「とりあえず上を斬《き》ってみるか。その辺にあるだろ」

当てずっぽうのような言葉と共に、ノルディア様は天井に向かって斬撃《ざんげき》を放ちました。斬撃は光華国の王城の屋根を切り裂き、空を走り……〈結界〉に届いたようでした。

「え、え、えええええ⁉」

男性はそれだけでも驚いていますが、ノルディア様の斬撃《ざんげき》は〈結界〉に届いただけでは終わりません。

――パリイン。

一瞬だけ膠着《こうちゃく》したように見えた斬撃と〈結界〉ですが、次の瞬間には〈結界〉が割れて消えました。切り裂かれた屋根の隙間から、壊れた〈結界〉の破片が、キラキラと輝きながら降ってきます。

「あ、あり得ない……」

呆然と呟いて男性は意識を失ってしまいました。痛みの限界だったのでしょう。

「あ、あの、多分内臓が傷ついていると思うので……光魔法〈回復《ヒール》〉！　キュラス国王を見つけないといけないので、応急処置だけです、すみません！」

力尽きた男性に、リリアさんが〈回復《ヒール》〉をかけてあげていました。キラキラと輝くリリアさんの魔力は、ちゃんと魔法を発動できているようです。

「もう東の離れまで距離が短いので、ここからは〈影移動《シャドウムーブ》〉で一気に進んでしまいましょう」

〈影移動《シャドウムーブ》〉は影の中を進む闇魔法なので、光の精霊であるラーノさんに負担がかかってしまう可能性はありますが……それは契約者のレオン王に会えれば解決します。

「闇魔法〈影移動《シャドウムーブ》〉」

◆◇◆

〈影移動《シャドウムーブ》〉で一気に進んで、辿り着いた東の離れ。

少し離れた場所から様子を窺ってみたのですが……

「す、すごい……厳重に守られていますね……」

呆然と呟《つぶや》いたリリアさんの言う通り、すごい数の兵士が離れを取り囲んでいます。まるで、盗られてはいけない何かを守っているかのようです。

「あそこにレオン王がいるのは、間違いなさそうですの」

「ああ、そうだな。突っ込んでも良いが……」

ノルディア様がチラリと視線を向けたのはリリアさんです。

「私がリリアさんを守るのです。ノルディア様は気にせず戦って良いのです」

「ユナ、お前さっきのことをもう忘れたのか？」

「……？」

「魔法が使えなくなったらユナも危ないだろ」

「私にはヨルがいるので大丈夫ですの」

「ヨルも魔法が使えなくなったら、安全とは言い切れねぇだろ」

「それはそうですが……でも、急がないと竜胆さんと青藍が……」

焦る私の言葉を、ノルディア様は「あのな」と言って遮りました。

「確かに師匠も青藍さんも心配だ。リリア様も守りたい。けどな……ユナ、俺はお前にも怪我をさせたくねぇ」

「分かれ」と、少し呆れたように言うノルディア様。その言葉の意味を理解した瞬間、顔が赤くなっていくのが自分でも分かりました。

「ノ、ノルディア様、私のことも心配してくれているのです⁉」

「当たり前だろ」

「私が怪我をしないように、考えてくれていたのです⁉」

「ああ」

「嬉しいのです‼」

「分かったから騒ぐな、見つかる」

「はいですの！」

ノルディア様のデレ、珍しくてとっても嬉しいです。嬉しすぎて今だったら、たくさんいる光華国の兵たちを一掃できそうです。ノルディア様が心配してしまうので、やりませんけど！

「ユナさん、嬉しそうですね」

「ああなったら落ち着くまで長いかラ、放っておいたほうが良いヨ」

嬉しさに悶《もだ》えていると、遠くから「オラオラオラオラ！　退けや！　オラァ！」という、なんともガラの悪そうな叫び声が響いてきました。

「この声、団長か？」

え、この悪人みたいな声、チェスター団長なんですか？

「オラァ！　死にたい奴から掛かって来いや！」

恐る恐る声が聞こえてくる方向を見ると、そこにいたのは確かにチェスター団長でした。剣を右手に、鞘を左手に持ったチェスター団長は、次々に兵士を切り飛ばしていきます。

「団長～！　魔法、もう使えるようになってるッスよ～！　というか、偽物のキュラス国王を追いかけるって演技、忘れてるッス！」

チェスター団長の遥か後方には、必死で走って追いかけるランタナさん。続いてルーファス先生がゆっくりと歩いてきて、水魔法で作った〈水竜《ウォータードラゴン》〉を放ちました。〈水竜《ウォータードラゴン》〉は豪快に建物の壁を壊して、東の離れに続く道を作ってしまいます。

「あそこの部屋にキュラス国王が居るッス！　閉じ込められているみたいッス！」

誰かの思考を読んだのでしょう。ランタナさんが叫んで、ルーファス先生が切り開いた道を駆けていきます。ランタナさんを止めようとする兵士を、チェスター団長が咄嗟《とっさ》に鞘《さや》を投げて倒しました。

良い連携です。でも……

「部屋の中、水で濡れていないのです」

ルーファス先生の〈水竜《ウォータードラゴン》〉は部屋の壁も壊す程の威力なのに、部屋の中が濡れないのは不自然です。多分、あの部屋の中にも〈結界〉が張られているのでしょう。

このままだと、今にも部屋に飛び込もうとしているランタナさんが、〈結界〉にぶつかってしまいます。

「ノルディア様、多分あの部屋にも〈結界〉があるのです。斬ってほしいのです」

「ああ、任せろ」

ランタナさんが部屋へ踏み込む直前、ノルディア様が斬撃を放ちました。斬撃は、部屋に踏み込みかけていたランタナさんを追い抜き、パリンと音を立てて〈結界〉を壊しました。

「キュラス国王、ゲットッス～!!」

無事に室内へ踏み込んだランタナさんが、ぐったりとした様子で目を瞑《つむ》るレオン王を抱えて飛び出してきます。

「流石はノルディア様！　タイミングバッチリですの！　闇魔法〈影移動《シャドウムーブ》〉！」

「うぇ？」

喜んでいるランタナさんを、すぐさま〈影移動《シャドウムーブ》〉で引き寄せます。何が何だか分からないといった表情で目を瞬かせるランタナさんに、説明する時間が惜しいです。無言のままレオン王だけ奪い取ってしまいます。

「ランタナ、良くやったな！」

「なんだ、ノルディアさんッスか。敵かと思ってビビったじゃないッスか」

ランタナさんへのフォローはノルディア様に任せるとして……私はレオン王を起こすことに集中します。

「レオン王、大丈夫ですの？　レオン王！」

何度か呼びかけても、レオン王は目を覚ましません。元々色白なレオン王ですが、今の顔は、血の気を失っているような白色。ぐったりと体の力は抜けているのに、呼吸は荒くて、どう見ても眠っているだけには思えません。

「リリアさん、レオン王を診《み》てあげてほしいのです」

「は、はい！　光魔法〈診断《ダイアグノーシス》〉……これは……何かの中毒に陥《おちい》っているみたいです」

「解毒はできるのです？」

「やってみます。光魔法〈解毒《デトックス》〉」

パァと光ったリリアさんの魔力が、レオン王の体の中へ吸い込まれていきます。リリアさんは「聖女様」と呼ばれるだけあって、回復魔法の扱いが上手いのでしょう。真っ白だったレオン王の顔に、徐々に赤みが戻っていきます。

「レオン、死んじゃやだー！　起きてー！」

ラーノさんもレオン王の顔にしがみ付いて、一緒になってキラキラと輝いています。光の精霊のラーノさんが使う回復魔法も加わって、さらに回復が早まったのか、レオン王の目がゆっくりと開いていきます。

「ラーノ？」

意識を取り戻したレオン王は、まずラーノさんの名前を呼びました。それから視線を周囲に向けて、なんとなく状況を理解したようです。私と目が合うと、悔しそうに顔を歪《ゆが》めました。

「迷惑をかけてばかりだな」

「レオン王のせいではないのです」

「……すまない」

レオン王は、以前あったキュラス王国とユーフォルビア王国の戦争のことで、未だに責任を感じているのでしょう。私の言葉でも、レオン王の曇った表情は晴れませんでした。

「レオンー！　会いたかったのー」

「ラーノも悪かった。一人で逃げられて偉かったな」

ラーノさんが半泣きになりながらレオン王に飛びついて、ようやくレオン王の表情に笑みが戻ります。

「君は……リリア嬢だったか？　なぜここに……いや、回復魔法を使ってくれたんだな。ありがとう、助かった」

「レオン王。起きて早々で申し訳ないのですが、何があったのです？」

「全部は分からない。光華国の雛菊女王に、さしでなら話すと言われて入城したら、魔力を吸われる〈結界〉の中に閉じ込められた。咄嗟のことでラーノを逃がすことしかできなかった。そこから先はずっとあの部屋で軟禁状態だ」

「なんでそんなことをしたのでしょう？　レオン王を閉じ込めるなんて、キュラス王国が黙っていないと分かることですのに……」

「理由までは分からないが、雛菊女王はずっと寂しそうだったな」

「寂しそう、ですの？」

「ああ。俺様も兄に見てもらえず、寂しいと思うことはあったから気持ちは分からなくない。恐らく雛菊女王はそんなに悪い人間ではないと思うんだが……まぁ、もう一度会ってみないと分からないか」

そう言ったレオン王は、ゆっくりとした動作で立ち上がろうとします。先ほどまで死にそうな顔で眠っていた癖に、なにを無茶なことをしているのでしょう!?　案の定、力が入らなくて、体が倒れそうになっています。

「まだ動くのは無茶ですよ。もう少し休んで下さい」

近くにいたリリアさんが、咄嗟にレオン王の体を支えます。レオン王は「すまない」と言いながらも、尚も立ち上がろうとします。

「どうしても行くのです？」

「ああ。どうにも彼女が不憫《ふびん》でな。まるで前の俺様を見ているようで、放っておけない。俺様は幸運にもユナに救われた。できることなら彼女も……雛菊女王にも、救いの手の一本くらいは出してやりたい」

レオン王はふらつきながらも前に進もうとしています。置いて行ったら、這《は》ってでも付いて来そうです。

「分かったのです。私も雛菊女王とやらのところに、大事な護衛を置いてきてしまっているのです。迎えに行くついでに、レオン王も連れて行ってあげるのです」

「まったくもう、仕方ないのです」と呟《つぶや》いて、〈影移動《シャドウムーブ》〉の魔法を使います。本当は弱っているレオン王は待っていて欲しかったのですが……仕方ないですね。

◆◇◆

時は少し遡《さかのぼ》って、竜胆と雛菊が対峙《たいじ》していた頃。

「風魔法〈風《ふう》刃《じん》〉！」

「〈結界〉よ、雛菊の盾となれ」

〈風刃《ふうじん》〉と〈結界〉がぶつかり合い、弾けた余波が城の壁を削って壊した直後、雛菊と竜胆の間に、何かの影が滑り込んできた。

「こ、こ、いつを倒せば、またあの花を貰えるんですか」

雛菊が部屋に入って来た後、開いたままとなっていた隙間から室内に飛び込んできた細身の男。

そいつの頭の上には、黒い豹《ひょう》の耳が付いていた。

「くれてやろうぞ」

「花、花、ハッ、ハッ、ハッ」

黒豹《くろひょう》の獣人は、雛菊の言葉に目を輝かせてから、血走った眼差《まなざ》しで竜胆を睨みつけてきた。まるで獣《けもの》のような息遣いをする男の口から、ダラリと涎《よだれ》が垂れて床に落ちていく。

獣人は動物の特性を持っている人間だ。しかし、耳や尻尾を隠したり、竜胆の従者だった女の鱗のように特徴が隠れていたりすると、普通の人間と変わらない。

だが今、竜胆の前にいる獣人の姿は異様だった。

「アァァァアアアアアア!!」

雄たけびを上げた獣人の足元の床が、メシャリと強い力を加えられたようにへこむ。「踏み込んでくるつもりだ」と竜胆が察した時には、既に獣人の姿は竜胆の目の前にあった。

「速いなァ！」

身体能力に恵まれた獣人の動きは素早く……否、男の動きは獣人だとしても、素早すぎる程だった。振り抜かれた鋭い爪を、竜胆は咄嗟に勘だけを頼りに、上半身を反らして避けた。完全には避けきれなかった爪が、竜胆の頬を掠《かす》って切り裂く。

「くッ！」

痛みに耐えながら、竜胆は右足で獣人の体を蹴り飛ばした。腹を蹴り飛ばされた獣人は、猫科の生き物らしく、空中で身を捩《よじ》って見事に着地して見せた。

ポタリと、竜胆の頬を伝って地面に赤い血が流れる。

「〈結界〉を使えたなら、そんな攻撃で血を流すこともありませんのに」

雛菊は傷を負った竜胆の事を、哀れんだような眼差しで見つめた。

ジクジクとした痛みを感じながら、竜胆はそんな頬の傷よりも心の方がよほど痛かった。

「毒となる花を両親が育てているのは知っていた」

「何を言い出す？」

「悪用される可能性は考えていた。だが、〈結界〉を使わなければ栽培できない花。母が死んだらじきに花は枯れて無くなるだろうと、気に留めていなかったな」

雛菊の問いかけを無視して、竜胆は獣人を見つめた。

「花、花、花。アレがないと、また苦しくなる。あ、あ、あ、ああああ!!」

正気を失った様子で赤鈴蘭を求める獣人を見て、竜胆は酷く悲しくなった。

もっと早く、竜胆が光華国へ戻っていれば……

あるいはあの日、両親を殺したあの時、赤鈴蘭の花も種も全て処分していれば……

もしくはあの日、雛菊も一緒に殺していれば……

この獣人は、こんな目に遭わなかった。

「アタシの選択が、お前をそんな姿にしてしまった」

竜胆の目から涙が零れる。

竜胆に襲いかかろうとしていた獣人は、その涙に驚き、一瞬足を止めてしまった。

「風魔法〈風嵐《ふうらん》〉！」

涙を流しながら、竜胆は魔法を放った。吹き荒れる風で獣人の体が浮き上がり、その足は地面を蹴ることが出来なくなる。どんなに速く動けたとしても、空に浮いた状態では、動くことはできない。

「すまない」

懺悔《ざんげ》しながら、竜胆は獣人に刀を向けた。せめて余計な痛みを与えぬよう、峰打ちを獣人の体に叩きこむ。

気を失った獣人を、地面に落ちる前に支えてゆっくりと降ろしてから、竜胆は雛菊へと向き直った。

「赤鈴蘭で強化してもこの程度か」

つまらなそうな表情で倒れた獣人を見る雛菊に、竜胆は涙を拭って刀の切っ先を向けた。

「あの日正せなかった間違いを、ここで終わらせてやる」

「随分詰まらぬ余興ですこと。……でも、時間は十分に稼げました。もう姉上に勝ち筋は残っていません。我が望みを顕在する力、〈結界〉。全ての魔法を封じよ！」

雛菊が叫んだ途端、竜胆の持つ刀から風が消えた。獣人に時間稼ぎをさせている間に〈結界〉を用意していたのだろう。〈結界〉を使って来るのは予想していた。

だが、予想外だったのはその大きさだった。

竜胆の予想を遥かに超えた巨大な〈結界〉が、雛菊の部屋の壁を越えて竜胆を包み込む。壁の外、どこまで広がっているかは竜胆には分からなかったけれど、もしも王城内にいるユナ達が〈結界〉に取り込まれていたら状況は最悪だ。

「チッ」と舌打ちをした竜胆は、早く雛菊を倒さねばと魔法の消えた刀を握り直し……雛菊の背後に、唐突に現れた人影に気が付いた。雛菊にバレないよう、何とか平静を装った竜胆の目の前で、その人影は雛菊に向かって短刀を振り下ろした。

――やった。

短刀を振り下ろした人物……青藍はそう確信していた。気配を消した死角からの必殺の一撃。青藍の短刀は吸い込まれるように、無防備な雛菊の首元へ向かっていったのだから。

――ガキン。

だが、完璧な軌道で首を狙った短剣は、雛菊の首から数センチ離れた場所で、何かに阻まれたようにピタリと止まっていた。

「何ぞ。姉上の他にも人がおったのか」

青藍の短刀を止めたのは、雛菊の体の僅《わず》かに上で展開されていた〈結界〉だった。常時発動しているタイプの〈結界〉なのだろう。その証拠に雛菊は、青藍の短剣が〈結界〉に阻まれた後、遅れて自身を害そうとしていた存在に気が付いたように振り返った。

「何人来ようが同じ事。雛菊の〈結界〉は破れない」

煩《わずら》わしそうに呟いて、雛菊は右手を無造作に青藍に向けた。青藍の背中をぞくりと嫌な予感が駆け巡る。

「雛菊から離れろ！」

雛菊が何をしようとしているのか一早く気が付いた竜胆が叫び、青藍が雛菊の背後から飛びのく。人間のものよりも強い獣人の脚力で、素早く雛菊から離れた青藍は、目の前に透明な膜のようなもの……〈結界〉が現れたことに気が付いた。

青藍の目と鼻の先に出現した〈結界〉は、青藍の髪を一筋だけ取り込み、一瞬にして凝縮した。飛びのくのが僅かに遅れて〈結界〉の内部に取り込まれていたら、青藍の体は〈結界〉に押しつぶされていただろう。

「何故ここに？　ノルディア達と一緒に行かなかったのかい」

雛菊を警戒しながら尋ねた竜胆に、青藍は「私も光華国の王には恨みがありますから」と苦笑した。

もちろん青藍の行動理由はそれだけではない。竜胆をこのまま一人で行かせてしまったら二度と帰って来ない気がしたから、というのもある。

ノルディアの剣の師匠である竜胆が居なくなれば、ノルディアは悲しむだろう。ノルディアが悲しめばユナも悲しむ。

「それに、主人の憂いを払うのも私の仕事です」

さらに言うなら、青藍自身も「竜胆を死なせたくない」と思ったからなのだけれど……それはわざわざ口にしなくても良いだろうと青藍は判断した。

光華国の武器を持ち、光華国の服を着る竜胆のことを、青藍は初め、怖いと思った。でも、竜胆は獣人である青藍に対しても、ユナやノルディアへ向けるものと同じ態度で接してくれた。竜胆と話していると光華国のトラウマが薄れる気がして嬉しかったのだ。

「よく分からないけど、分かった。早いところ〈結界〉をどうにかしないと、他の奴らにも迷惑をかけちまうからね。力を貸してくれ」

「ええ。魔法が使えないとなると、ユナ様には少々厳しいですからね」

ノルディアはもともと魔力がない故、「魔法を封じる」という効力を付けられた〈結界〉など何の足枷《あしかせ》にもならないだろう。しかし魔法を主体に戦うユナやルーファス、念話魔法を使うランタナ、剣と魔法を組み合わせて立ち回るチェスターの戦力は大幅に削られてしまう。

一刻も早く雛菊を倒さねば、と刀を握りなおした竜胆だったが……

「でも大丈夫です。〈結界〉程度でユナ様は止められません」

そんな言葉に、竜胆は思わず雛菊から視線を離して青藍を見つめてしまった。自信満々な青藍に、雛菊が「ほう」と面白くなさそうに声を上げる。

「獣風情《ふぜい》が生意気な口を利《き》きよる」

「その獣風情にやられたら、あなたは獣以下になりますけど大丈夫ですか？」

睨みつける雛菊を、青藍は平然とした態度で真正面から見つめ返す。両者の間にバチリと火花が散った。

「〈結界〉に潰されてしまえ」

最初に動いたのは雛菊だった。魔法を封じる〈結界〉の中、術者の雛菊だけはそのルールの対象外らしい。次々に〈結界〉を生み出しては、青藍に猛攻を仕掛けた。

「そんな遅い〈結界〉で、捕まえられると思わないでください」

対する青藍は身一つ。自身の持つ身体能力だけで〈結界〉を避け続けていた。

無謀とも思える勝負だったが、青藍にはまだ余裕があった。

「殺意むき出しの攻撃など、避けて下さいと言っているようなものです」

雛菊の魔法の精度は高くないようで、放つ〈結界〉には発動までに僅かなタイムラグがある。さらに雛菊は、〈結界〉を張る場所に視線を向けて右手を掲げるため、視線や殺気に敏感な青藍はどこに〈結界〉が現れるのか、予想することは容易だった。

しかし、それは青藍に限った話。魔法を纏《まと》わせた刀で戦う竜胆は、魔法を封じる〈結界〉の中、なんとか魔力の揺らぎを察知して〈結界〉を避け続けることは出来ているものの、体力は徐々に削られている。

さらには〈結界〉によって雛菊の体が守られている限り、青藍と竜胆は雛菊を倒す決め手が何もない。一瞬の隙すら命とりの青藍と竜胆に対して、青藍と竜胆の事を〈結界〉内に閉じ込めようと狙う雛菊は遊んでいるようなもの。このまま長引けば体力的にも精神的にも青藍達が劣勢になっていくのは明白だった。

ちらりと竜胆を見た青藍は、息が上がり始めている姿に、このままでは竜胆が〈結界〉に捕まるのは時間の問題と考えた。

「時間を稼いだほうが良さそうですね」

呟いた青藍は、竜胆の前に出て雛菊と対峙した。

時間さえ稼ぐ事が出来れば、ノルディアやユナが援護に来てくれるはずだ。ユナ達が遅れたとしても、青藍が攻撃を引きつければ、竜胆の体力は回復する。

「獣人の事を差別するのは光華国だけです。他の国では獣人も人として扱われます。ごく普通に意思を尊重されて、道の真ん中を耳も尻尾も隠さずに歩くことが出来ます。何故光華国は、あなたは獣人を嫌うのでしょう？」

雛菊の気を竜胆から逸らすため、そして青藍自身が気になっていた疑問を解消するため、青藍は〈結界〉を避けながら雛菊に問いかける。

「……獣は存在自体が穢《けが》れておる」

雛菊は僅かな間を開けた後、一瞬視線を宙にさ迷わせてからそれだけを答え、青藍に〈結界〉を放った。

青藍は姿勢を低くして走り、〈結界〉に巻き込まれないよう避けて雛菊に近寄る。次々に生み出される〈結界〉を雛菊の視線で先読みして、走り、飛び、時には〈結界〉すらも足場にして、青藍は雛菊の元へと向かって行く。

「空っぽな理由ですね」

「生意気な口を！　雛菊に近《ちこ》う寄るな！」

「あなたの〈結界〉は制御が甘いです。発動までに時間が掛かり、大きさも大小様々。自身の周囲で発動する素振りはない。不安定な能力故に、咄嗟に近くで発動させる事が出来ないのでは？」

雛菊の周囲では、新たな〈結界〉の発動が出来ないのではないか、と考えた青藍の予想は正しかった。手を伸ばせば触れられる距離にまで近寄った青藍に対し、雛菊は憎々しげな表情で睨みつけるばかりで、新たな〈結界〉を発動しようとはしなかった。

時間をかければ雛菊の周囲にも新たな〈結界〉を作ることは出来るが、そのような速度では青藍を捕らえることなど出来はしない。

青藍の振るった短刀が、雛菊の胴体を狙う。……だが、青藍の短剣は雛菊の腹、その数センチ上に張られた〈結界〉によって阻まれた。

「ふ、ふふ。雛菊の〈結界〉を分析して、攻略したつもりにでもなったか。たとえ雛菊の側で新たな〈結界〉を作れずとも、そなた等《ら》には雛菊を害する手段など無かろう」

雛菊の体を覆っているのは、ゆっくりと時間を掛けて作り上げた最高の〈結界〉だ。壊されることなどあり得ない。

雛菊には青藍を捕らえる手段は無い。だが、青藍にも雛菊を倒す手段がない。事態は膠着した。

「……ええ。私にはあなたを倒す手段なんてありません。ですが、時間さえ稼げれば十分です」

事態は膠着した…かのように思えた。

雛菊が不思議そうに小首を傾げた瞬間、王城の空から、「パリン」とガラスの割れる音に似た音が響く。

「思っていたより早かったですね。時間を稼いで増援が来る事を期待していたのですが、厄介な〈結界〉が無くなったのは助かります」

青藍は〈結界〉を壊したであろう人物……魔法の力に囚われない、剣の才能だけに能力を全振りしたノルディアに、心の中で感謝を告げた。それから、「闇魔法〈幻影《イリュージョン》〉」と呟き、雛菊の前から姿を消す。

「何故！　どうして雛菊の〈結界〉が消えた！」

〈結界〉に込めた魔力が少なかったのならまだ分かる。だが、雛菊はかなりの量の魔力を、王城を覆う〈結界〉に注ぎ込んだのだ。〈結界〉は光魔法の一種であるため、闇魔法には多少脆《もろ》くなるという弱点はあるが、〈結界〉内に居る者の魔法は封じていた。壊されるなんてあり得ないのだ。

魔法なんてものに頼らず、己の身体能力のみで〈結界〉を壊せるような化け物がいない限り……！

ノルディアの存在を知らない雛菊は、〈結界〉が壊されたという衝撃で一瞬思考が止まってしまう。

魔法が戻った青藍にとって、無防備な雛菊を捕らえることなど、その一瞬で十分だった。

「闇魔法〈影縛り《シャドウバインド》〉」

姿を消した青藍は雛菊の背後に回り込んで、自身の影で雛菊の体を縛り上げた。〈結界〉に守られていようとも、影は〈結界〉ごと縛り上げてその動きを封じる。

「小癪《こしゃく》な真似を！　だが〈結界〉がある限り、雛菊の事は誰にも害せぬ」

影に縛られつつも、雛菊は未だ余裕の表情を見せる。雛菊は自身の〈結界〉に相当の自信があった。何者かに破られるという異常事態はあったものの、それもきっと、何かの間違いだ。青藍や竜胆と遊んでいたせいで、王城を囲んでいた〈結界〉が脆くなってしまったのかもしれない。雛菊はそう考えた。

「〈結界〉の消滅はノルディアの仕業《しわざ》か」

竜胆は、青藍に拘束された雛菊を前に、そう呟いた。呟きながら、考えていた。竜胆のことを「師匠」と慕う、魔力を持たない弟子のことを。

◆
◇
◆

冒険者になったばかりの頃。ノルディアは誰からも相手にされていなかった。

それもそのはず。ノルディアは生まれたばかりの赤子ですら当たり前のように持つ魔力を、一切持たない特異体質だったから。極々簡単な魔法すら使えないノルディアに、冒険者はからかい半分、親切半分で「冒険者になるのは諦めろ」と声を掛けていた。

「俺に冒険者の仕事を、王都での生き方を教えて欲しい」

そんな不遇な少年に頼みごとをされた時、竜胆は「なぜ自分なのか?」と不思議に思った。

竜胆の服装は、ユーフォルビアの衣装とはまた違う。使っている武器も、通常の剣とは異なる刀という珍しいものだった。一目で他国の人間と分かる竜胆に、頼みごとをする人など今まではいなかった。

「お前以外の人にも声を掛けたが、魔力のねェ俺には無理だと取り合ってもらえなかった」

「まぁ、そうか」

少年の持つ剣はよく使い込まれていた。幼いながらも筋肉のついた体もよく鍛えられていた。このまま鍛錬を続ければ、良い剣士になるだろうと竜胆は思った。

……少年に魔力さえあれば、の話ではあったが。

どんなに剣術が素晴らしくとも、放たれた魔法に立ち向かうのには、魔力が無いと話にならない。万が一それをどうにか出来たとしても、次に待ち受けているのは魔法によって身体強化した相手だ。少年がどんなに素晴らしい剣士になったとしても、魔力が無いのでは人間相手でも魔物相手でも厳しい。

「魔力も無いのに冒険者になろうなんて、そんな無茶は誰だって止めるさ。何もわざわざ冒険者なんて危険な仕事をしなくても、金稼ぎの方法なら他にもあるだろう」

竜胆は、厳しい道を歩もうとしている少年を諦めさせるために、そう言った。

「確かに俺には魔力がねェ。それで他の奴らに苦戦する事もある。けど、俺は魔力が無くとも強くなる。冒険者として強くなって、それでいつか騎士になって、この国を守る。魔力を持たないことが、俺の歩みを止める理由にはならねェ」

しかし、少年は竜胆の目を真っ直ぐに見つめて、そう答えた。

少年の言葉には何の理論の裏づけもなかったけれど、真っ直ぐな瞳で馬鹿みたいな事を言う少年の事が、竜胆は気に入った。

今思えば、魔力が無いから無理だと言われるノルディアの姿が、〈結界〉がないから無理だと言われ続けた自分の姿と重なってしまったのかもしれない。

「分かった。ならアンタに冒険者としての仕事を教えてやるよ」

「本当か⁉」

「ああ。でもその前に、アタシのことをお前なんて生意気に呼ぶんじゃないよ。アンタが独り立ちするまでは見てやるんだから、口の利き方を直しな」

「おう！　師匠って呼べば良いか？」

「アンタね……まぁ、いいか。で、アンタの名前もまだ聞いてないけど？　アタシは何て呼べば良いんだ？」

「ノルディアだ！　ノルディア・カモミツレ。頼んだぜ、師匠」

ニッと笑ったノルディアは、その後、メキメキと力を付けていった。結局竜胆がノルディアに教えられたことなど極僅《ごくわず》かだったけれど。ノルディアと一緒に過ごした日々の中、諦めないノルディアのことをずっと見てきた。

「諦めろ」と言われ続け、「無理だ」と諭され続け、それでも自分の強さを信じて、努力を続けたノルディアの姿を、師匠の竜胆は一番近くで見ていたのだ。


だから……

「〈結界〉を使えないことがなんだ。才能を一つ持たなかったことなんて、アタシの歩みを止める程のものでもないね」

竜胆は、いつかのノルディアのように、力強く言ってみせる。

「諦めろ、姉上。雛菊の〈結界〉は壊れない！」

「弟子がやってのけたことを、師匠のアタシが諦める訳にはいかないんでね」

竜胆は目を瞑りながら、魔力で作った風を刀に纏わせる。高密度の風を纏った刃を前に、青藍に〈影縛り《シャドウバインド》〉で拘束されたままの雛菊の顔が、僅かに歪んだ。

「ただの風魔法で何ができる！」

竜胆が使う魔法は、雛菊の言う通りただの風魔法だ。雛菊のように特別な力ではない。魔力があれば誰でも使えるただの風魔法。

だが……竜胆の扱う風魔法は、生まれてからずっと使い続け、磨き続けた、竜胆だけの風魔法だ。

「ただの風魔法に、アンタの〈結界〉は破られるんだよ」

風を纏った竜胆の刀が〈結界〉に振り下ろされる。パリンと音が響いた。ノルディアが〈結界〉を破った時と、同じ音だった。

砕けた〈結界〉が、竜胆の風魔法によって巻き上がり、周囲に飛び散っていく。キラキラと、割れた破片が光を反射して輝いていた。

「雛菊の〈結界〉が……」

幻想的な光景の中、竜胆は刀を持ち替え、雛菊を突き刺そうとする。雛菊の体には、未だ青藍の〈影縛り《シャドウバインド》〉が絡みついていて、〈結界〉が無くなった今、雛菊は自身を貫こうとする竜胆の刃《やいば》を、避けることも防ぐことも不可能だった。

割れた〈結界〉の破片が飛び散る中、竜胆に刀を向けられた雛菊は、呆然とした様子で「どうして」と呟く。

「どうして……〈結界〉を使えるようになっても、みんな雛菊から離れていく……」

泣き出しそうに顔を歪めた雛菊は、全てを諦めたように目を瞑った。

◆　◇　◆

昔、昔。まだ竜胆が光華国にいた頃。雛菊はとても幸せだった。

優しい母と、気弱だけれど雛菊を大切にしてくれる父。あまり笑顔は向けてくれないけれど、刀で戦う強い姉は雛菊のことを守ってくれる。

母と同じ〈結界〉の力に目覚め始めていた雛菊に、城のみんなは優しくて、悲しいことなんて何一つ無かった。

両親が死んで、竜胆がいなくなるまでは……

「雛菊様、国王夫妻が……雛菊様のご両親が、お亡くなりになりました……」

止める従者を振り払い、向かった両親の部屋で雛菊が見たのは、一面を血で染め上げた無残《むざん》な光景だった。

一人の獣人の死体が部屋の隅にあり、中央には母と、母を守るように父の体が重なっていて、その体には鋭い刃物で斬られたような傷が付いていた。二人の体から流れ出た血は床に染み込み、鉄のような匂いが部屋の中に充満していた。

両親の死を受け入れられないまま、雛菊は「姉上はどこぞ?」と呟いた。竜胆の姿はそこには無く、両親を死に追いやった凶刃に倒れていないのなら、雛菊は唯一残る家族に会いたかった。

「竜胆様は……その……」

従者は言いにくそうに口ごもった後、「行方が不明です」と答えた。

「城外へ出ていく竜胆様の姿を見た者がおります。その後の足取りは不明です」

雛菊が涙を流せば「どうした?」と聞いてくれる母はもういない。優しく涙を拭ってくれる父もいない。唯一残った姉は、雛菊を置いてどこかへ消えてしまった。

悲しくて寂しくて泣き続ける雛菊に、残された城の人間は、雛菊に甘い言葉を告げてその行動をコントロールした。

「〈結界〉をコントロールできる様になれば、きっと天に召された前女王様もお喜びになります」

「獣人は汚らわしい生き物です。前女王様もそう仰っていましたでしょう」

「この薬は前女王様が育てていたもので、光華国の力となる重要なものです。育てるのには〈結界〉の力が必要です。ええ、優秀な雛菊様なら簡単です。うまく育てれば、きっと前女王様も褒めてくださいます」

善も悪も分からぬまま、誰が味方で誰が敵なのか分からぬまま、雛菊は長い年月を一人で過ごした。

だって、誰もいなかったのだ。雛菊の〈結界〉を恐れずに側に居てくれる人も。うまく利用される雛菊に、雛菊自身のことを想って意見を告げる人も。一人だって、いなかったのだから。

雛菊だって愛されたかった。優しく抱きしめてもらいたかった。

言われるがままに獣人を嫌い、頼まれるがままに毒を作っても、皆すぐに雛菊から離れていって、寂しくて寂しくて堪らなかった。

そんな時、雛菊はレオンを見つけたのだ。光の精霊の加護を受けて、キラキラと輝く特別な存在を……

『雛菊、其方は〈結界〉を受け継いだ。素晴らしいことぞ。将来は光の魔法が得意な男を迎え入れ、〈結界〉の力をより強いものにして行くのだ。分かったな？』

『ははうえ、そうしたら雛菊は幸せになれるのでしょうか？』

『ああ、そうだ。母が約束しよう』

母は死ぬ前、雛菊にそう約束してくれた。力強く頷いた母に、安心したのを今でも覚えている。

レオンに出会った時、雛菊は母の言葉を思い出したのだ。レオンを手に入れて、〈結界〉の力を強めれば、母が言っていたように幸せになれる。昔のように、優しい温もりを取り戻せる。

そう思って、それだけが雛菊にとって希望だったのに……

「〈結界〉が使えるようになっても、みんな雛菊から離れていく」

唯一生き残った姉の竜胆は、酷く怖い顔をしながら雛菊に刀を向けていた。

レオンを捕らえていた結界が破られた感覚が伝わってくる。何もかもうまくいかない。

――姉上に殺されたら、母上と父上に会えるだろうか。

雛菊は、それが一番幸せになれる選択な気がして、力なく笑った。

もう一人きりで広すぎる城の中で過ごすのは嫌だった。

「最後に姉上に会えて、雛菊は嬉しかった」

呟いた雛菊に、竜胆は目を大きく見開いた。

その時になって初めて、竜胆は自分が去ってからの雛菊の生活を考えた。両親を一度に亡くし、竜胆は雛菊に事情を話すこともせずに国を去った。その後、雛菊がどんな生活をしていたのか。竜胆は今まで考えたことも無かった。

それは何故かと自分に問いかければ、〈結界〉を持っている雛菊は皆に大事にされて、幸せになっているのだろうと、勝手に思い込んでしまっていたから……

竜胆の腕が、空中で止まった。

「……姉上?」

刃は未だ雛菊の上に掲げられたまま。だが、ピタリと止まって動かない。雛菊は自身を殺そうとしていた竜胆に「なぜ刀を止めたのか」と、不思議そうな視線を向けた。

竜胆は困惑する雛菊と視線を合わせる。竜胆によく似た瞳は、光華国を出ていった日とあまり変わっていないような気がした。

甘えん坊で、少しわがままで、可愛い妹。

「どうして」

どうして妹は変わってしまったのだろう。どうしてレオンを閉じ込めるのだろう。どうして獣人を迫害する。どうして母と同じ道を歩んでしまう。どうして……

「未熟な子供が王と崇《あが》められ、道を正す人間が居なければ仕方あるまい」

竜胆の疑問に答えたのは、ランタナの支えを借りながら部屋に入ってきたレオンだった。

リリアとラーノの回復魔法を受け、レオンの足取りは先ほどよりもしっかりとしている。その背後では光華国の兵が、ユナの〈影縛り《シャドウバインド》〉によって動きを止められていた。

「雛菊様！　申し訳ございません！」

謝る兵に、雛菊はゆるゆると視線を向けて、「もう良《よ》い」と小さく呟いた。

「俺様は光の精霊と契約している。〈結界〉を操る貴女と同じく稀有《けう》な存在だ。王座に座る者として、貴女が抱えるものも何となく分かる。だから敢えて言おう。俺様を手元に置いたとしても、貴女の寂しさは埋まらない」

幽閉され続ける間、ほとんどの時間を雛菊と過ごしていたレオンは、自身が閉じ込められた理由を何となく察していた。雛菊はずっと、レオンを害そうとしなかった。その行動はレオンを逃がさないためのものばかり。毒花を食べさせられたのは困ったが、あれもレオンを繋ぎとめる為のものだろう。

「なぜ、だって、母上は幸せになれるって」

「俺様も、俺様自身を見てもらえなかった事はあるからな、気持ちは分かる。満たされたくて精霊を自分のものにしようとした。貴女と同じだ。だが、他者を縛ろうとしても満たされなかった。寂しいと思うのなら、縛り付けるのではなく言葉で伝えれば良い。助けてほしいと、側にいて欲しいと。それすら口に出さずに、一人は寂しいと嘆いて他者を傷つけるのは傲慢《ごうまん》だ」

レオンはふわふわと浮くラーノを見て、遅れて部屋に入ってきたユナをちらりと見た。

「何ですの？」

「いや。俺様はユーフォルビアとの戦争《あのときき》の時、ユナに見つけてもらえて幸運だった。道を間違えないで済んだ」

「どの時ですの？」

「俺様が勝手に感謝しているだけのことだ。ユナは知らなくても良い」

首を傾げるユナの背後で、ノルディアがレオンに視線を向けていた。牽制《けんせい》するような視線だった。

レオンは「嫉妬深い奴め」と思いつつ、意地悪心からユナに近寄った。ノルディアの眉間にシワができるが、近付くくらい許して欲しいものだ。レオンはノルディアから、絶対にユナを奪うことはできないのだから。

「アタシは、雛菊の事を考えていなかったたね」

レオンの言葉を受け、竜胆は自らの行動を悔いていた。

両親を殺したあの時、雛菊にきちんと話をしておけば。あるいはその後も雛菊の側に居てやれば、また違う未来があったのかもしれないと思ったからだ。

「姉上、なんで雛菊を一人にしたのですか……どうして何も言わずに、どこかへ行ってしまったのですか。雛菊は……雛菊は、寂しかった……」

カラン、と雛菊の手から刀が落ちる。

〈影縛り《シャドウバインド》〉の効果が解けて自由の身となった雛菊は、しかし〈結界〉を出すことはせず、竜胆に抱き着いた。

涙を流しても、雛菊の涙を拭ってくれる人はずっと居なかった。剣だこの多い竜胆の指先が、雛菊の涙をぎこちない動きで拭う。竜胆が涙を拭ってくれているというのに、雛菊の頬を伝う涙はどんどん増えてしまう。

「……すまない」

呟いて、竜胆は雛菊の体を抱きしめ返した。長い年月の間、離れ離れとなっていた姉妹は、失った時間を埋めるかのように抱き合う。

「あ、これはどういう状況だ？」

最後に部屋にやって来たチェスターが、二人を眺めて「なんだこれ？」と言う。

空気の読めないチェスターの発言に、ランタナが「団長、今だけは黙っていて欲しいッス」と刺すような口調で告げた。

◆　◇　◆

「結局、あの国に制裁は加えなくて良かったのでしょうか？」

あの後、竜胆さんに敗れた雛菊女王は、全面的に自分の非を認めて謝ってくれました。私達は先を急いでいたので、光華国への制裁は特にしないで、ユーフォルビア王国への帰路を辿ることにしました。

光華国がレオン王を軟禁したという事実だけでも、戦争に発展するような事態ではありましたが、当の本人であるレオン王がそれを望みませんでした。

「間違うことは誰にでもある。被害が俺様だけだったなら、今回はこれで良い」

レオン王の判断で、私達も今回の事件はなかったことにすることにしました。

「別の脅威《フェンリスヴォルフ》がある以上、光華との争いを長引かせる訳にもいかない。光華国とまた揉めるようなら……今度は我が国、キュラスの総力をもって立ち向かおう」

またあの〈結界〉が敵になったらと考えると面倒ですが、多分、大丈夫でしょう。何故なら……雛菊女王の隣には、竜胆さんが残りましたから。

「これ以上雛菊に、一人で国を背負わせる訳にはいかないからね」と、光華国に残ることを決めた竜胆さんがいれば、きっとこの先、光華国はもっと良い国になるでしょう。

「今回は随分と色々なことがありましたね」

しみじみと呟くルーファス先生は、少しでも船が早く進むように水の精霊のラナリアさんと一緒に、海流を操ってくれています。ちなみに、まだ体調が万全ではないレオン王を考慮して、移動は〈影移動《シャドウムーブ》〉ではなく船を選択しています。

「皆さん、大変でしたよね。……私は結局、守られてばっかりで何の力にもなれなくて……」

遠くの海面を泳いでいた魚の魔物に、〈火球《ファイアボール》〉を放とうとしていたルーファス先生が、リリアさんの言葉に手を止めます。

「ラーノ様を救えたのは、リリア様が魔力を分け続けてくれたからです」

魚の魔物の対応を暇そうなチェスター団長に任せて、私もリリアさんの近くに行きます。

「そうですの。リリアさん以外に、ラーノさんを助けられる人はいなかったのです。付いて来てくれて、本当に助かったのです！」

「ええ、感謝することはあっても、リリア様を責める人など誰も居ません」

「そんな……」

謙虚な所はリリアさんの美点ですが、それと同時に自信が無さすぎるところがあります。困ったように笑うルーファス先生の前を通り、手のひらサイズの女の子……ラーノさんがリリアさんの元までやって来ました。

「あのねー、ラーノね。レオンと離れて寂しかったけどー、リリアがずっと一緒に居てくれたから大丈夫だったよ！　ありがとー！」

「い、いえ！　私なんて……」

「ラーノねー、ヨルも好きだけど、リリアも好きだよー！」

大きな声で告げるラーノさんに、ヨルが「フン」と、照れ隠しでそっぽを向きます。

「ヨルもラーノのこと好きでしょー？」

「オイラは別ニ……」

「えー、やだやだー！　ラーノのこと好きって言ってー！」

リリアさんとヨルの間を行ったり来たり、忙しなく飛び回るラーノさんを見ていたリリアさんがやっと笑顔になりました。良かったです。

「青藍も、すっきりした顔をしていて良かったのです」

私の隣に立つ青藍も、思いつめたような表情をしていた行きと違って、帰りは表情が柔らかくなっています。

「そうですね。嫌な思い出は無くなりませんけど……それでも、自分の意思で光華国へ戻り、立ち向かって、少し、トラウマを克服できたような気がします」

グッと握り拳を作って、青藍は「次に光華国が敵となっても、恐らく無心で相手取れるかと思います」と、なにやら物騒なことを言っています。

「ユーフォルビアに帰ったら、リー兄に青藍が頑張ったと伝えないといけないのです」

「な、なんでリージア様に⁉」

「え、リー兄が青藍の雇い主だからですの」

「え、あ、そうですよ、ね」

リー兄の名前を出した途端、青藍の顔が真っ赤に染まります。変な青藍です。

「あー！　遅い！　もっと早く進むぞ！　風魔法〈追い風《テイルウインド》〉！」

「団長！　帆が！　帆が切れるッス！　もっと優しく風を送らないと駄目ッスよ！」

なかなか進まない船に焦《じ》れたのか、チェスター団長が風魔法で追い風を吹かせます。ぐらりと船が揺れ、体が傾きます。

「大丈夫か？」

転びかけた私を支えてくれたのは、離れた場所にいたはずのレオン王でした。光魔法で飛んできたのでしょう。キラキラと魔力の残滓《ざんし》が輝いています。

「支えてくれてありがとうですの」

「いや、今回お礼を言わないといけないのは俺様のほうだ。助けに来てくれてありがとう。まさか俺様のために、ユナが動いてくれるとはな。とても嬉しかった」

ニコリと笑って、レオン王は私の腰に手を回します。支えてくれるのはありがたいですが……ちょっと近くありませんか……？

そう思った瞬間、レオン王の体がグイと後ろへ引っ張られて離れていきました。

「私の婚約者はとても優秀ですから。国際問題回避のためなら、キュラス国王だって助けますよ。ユーフォルビアの国民として当然のことをしたまでです」

レオン王を引きはがしたのは、ムッとした顔のノルディア様です。不機嫌そうなノルディア様もカッコいいです！　でも、どうしたのでしょう。ノルディア様が不機嫌そうなのは珍しいです。船酔いでもしたのでしょうか？

「ノルディアにも手間をかけたな」

「いえ。そう思うのでしたら、私の婚約者から離れて下さい」

ぐいぐいとレオン王を引っ張って、ノルディア様は私達から離れていきます。

なんか、どんどんノルディア様が不機嫌になっているような気がするんですが……レオン王、あの優しいノルディア様を怒らせるなんて、何を言ったのでしょうか……？

「そうだな、今回の礼という訳ではないが、俺様がユナとどこで出会ったのか教えてやろうか？気になるだろう？　俺様がユナに救われ、人生を変えられ、完全に惚れた時のことだ」

「結構です」

「ほう？」

「どうしても気になったらユナに聞きますので」

「……ほう」

険しい顔のノルディア様が気になって、「ノルディア様？」と名前を呼んでみます。ノルディア様が振り返って、私を見て、笑みを浮かべてくれました。

強面気味のノルディア様が笑うと、途端に幼い印象に変わって可愛いです！　ブンブンと手を振ってみたら、ノルディア様も小さく振り返してくれました！　今日はファンサービスが多くて幸せです！

「キャー」と喜ぶ私を見て、ノルディア様は「またアホなこと言ってんだろうな」と言いました。

「お前、そんな表情もできたのか……」

「なんでしょうか？」

「いや、お前も案外しっかりとユナに惚れているんだなと思って、少し驚いただけだ」

「ええ。そうですよ。あんなに真っ直ぐな好意を向けられて、俺ならできると信じ切った目で見られて、大切に想わないでいられる訳がありません。何があっても守りたいし、誰にも譲る気はありません。キュラス国王、たとえあなたであっても」

「……惚れてるなんてレベルじゃなかったな。ベタ惚れじゃないか」

「知りませんでしたか？」

「全くな」

なんだか疲れた顔をしたレオン王が、私を見つめています。手を振ってきたので、私も手を振り返そうと思ったのですが……ノルディア様の体が横に動いて、レオン王のことを隠してしまいました。

「お前な！　手を振るぐらい良いだろう！」

なんだかレオン王が騒いでいますが、ノルディア様と楽しそうで狡《ずる》いです。

私もノルディア様たちの会話に入れてもらおうとして、青藍に「今は行かないほうが良いです」と止められる内に、だんだんと船はユーフォルビア王国に近付いて行きました。

港町のシーラスで美味しいものでも食べて帰りましょうか。海鮮の美味しいご飯を食べて、ノルディア様と少しデートでもしたいです。

そう思ってワクワクしていたのですが……ランタナさんが、なんだか遠い目をしています……？

「今、念話魔法《テレパシー》で王宮の騎士団と連絡を取ったんスけど……なんか、早く帰って来いって言ってるッス。ついでに冒険者ギルドとキュラス王国の使者からも全く同じ内容の通信があったッス。大丈夫ッスかね……」

「「「「「帰りたくない（のです）」」」」」

多分この瞬間が一番、みんなの心が一つになった瞬間だったと思います。

第三章　学園に忍び寄る影とヒロインの心

光華国とのゴタゴタが解決して、王都に帰ってきました。

帰ってきたのは嬉しいのですが……

「ユナ、ノルディア。待っていたぞ。早く助けてくれ。学園が大変なことになっているんだ」

帰ってきて早々、王城の前で待ち構えていたフェリス王子に助けを求められました。

厄介事のにおいしかしません。

「チェスター団長、ランタナさん、お帰りをお待ちしていました。早速で申し訳ないのですが、フェンリスヴォルフの対策会議に出席をお願いします。王都周辺のダンジョンにて、フェンリスヴォルフの姿が目撃されています。討伐もしくは捕縛の方向で動いていますが、フェンリスヴォルフの目的が分からずに振り回されている状況です」

厄介事に巻き込まれるのは私達だけではないようですね。

チェスター団長とランタナさんは、騎士団の副団長を任されているオリヴィアさんに言われて、そのまま会議に行ってしまいました。

チェスター団長の目が死んだように輝きを失っていましたが、大丈夫でしょうか……？

「マスター、帰りがおっせぇよ！　書類仕事が溜まってる上に、フェンリスヴォルフを怖がって依頼を受けない冒険者もいて、もうどうにもなんねーや！」

ルーファス先生は、冒険者ギルドの二番手、ライラックさんに絶望的なことを言われています。そんな状況でもニコニコと優しい笑みを崩さないルーファス先生はさすが……いや、あれは笑った顔のまま固まっているだけでしょうか……？

「女帝もギルマスもいねぇとやっぱ締まらなくってダメだな」

ライラックさんの嘆きに、リリアさんが「あの、その方……竜胆さんは光華国に残ってしまいました」と伝えます。

「ん？　女帝いるじゃねぇか、そこに」

ライラックさんは真っ直ぐに私を指差しますが……え？　私、冒険者ギルドで「女帝」って呼ばれているんですか？　初めて知りましたけど、なんか嫌ですね。

「とりあえずギルドに戻って書類を見てくれよ」と言うライラックさんに引きずられていくルーファス先生は、微笑んでいるのに悲しい目をしていました。

「レオン王？　またあなたは勝手にフラフラして……帰国後、溜まっているお仕事を終わらせたら、お説教ですよ」

最後にレオン王。彼は激怒している従者に首根っこを掴まれていました。すごい格好ですが、そうでもしないと、レオン王に逃げられてしまうのでしょう。

「案外時間がかかったんだ。悪かったな」

大人しく従者に連れていかれたレオン王は最後に「また会いに来る」と言って、従者に「行かせませんよ⁉」と怒られていました。

全員が解散した後、少し冷静になったのでしょう。フィーは「場所を変えて話すか」と言いました。

◆◇◆

「それで、何があったんだ？」

場所を王宮の室内に移した後、ノルディア様がフィーに尋ねました。

「実は最近、学園に転入生が来たんだ」

「転入生？　学園に転入制度なんてねェだろ？」

「ああ、普通は認められていない。だが、転入を希望した者が厄介で……単刀直入に言えば、魔国からの頼みだ。魔国の人間に、異国の文化を学ばせたいと言われて、無下《むげ》にすることは出来なかった」

「なるほどな」

フィーが用意してくれた部屋の中には、お茶とクッキーが置いてあったので、遠慮なく頂きます。シーラスの町でご飯を食べようと思っていたのに食べられず、もうお腹がペコペコです。

チョコチップの入っているやつが一番美味しいです。もぐもぐと味わっていると誰もクッキーに手を出さないので、もう一枚貰っておきます。

「ユナ、クッキーを食べていて良いから、一応話も聞いておいてくれ」

「もぐもぐ……聞いているのです。魔国から転入生が来たのです。でも、それがどう困るのです？」

魔国は確か、百年前にいた「ハルジオン」という名前の魔王によって建国された国だったはずです。人間よりも獣人や魔物が多い国だったとか。かなりの大国だったそうですが、魔王が勇者に倒されてからは、衰退していったと聞いたことがあります。

ただ、衰退したとは言っても、魔国は今でもそれなりの力を持つ国。魔国の頼みを断ることはできずに、転入生を受け入れたといったところでしょう。

「やって来た転入生がなかなかの問題児でな。何故かサクラ嬢に執着していて、学園をひっかきまわしているんだ」

急に出てきた「サクラさん」の名前に、私はクッキーを齧《かじ》りながらパチリと瞬きをしました。

サクラ・ローズマリー。この世界の元である乙女ゲーム、『君紡《きみつむ》』のヒロインさんの名前です。

彼女の名前が出てきたということは……「魔国からの転入生」というのは、もしかすると攻略対象の一人だったりするのでしょうか？

魔国からの転入生……魔国からの転入生……『君紡《きみつむ》』のパッケージには、そんな人は描かれていなかったと思います。隠し攻略キャラクターだったりするのでしょうか？　私はノルディア様に一目ぼれしてゲームを購入して、ノルディア様ルートばっかり周回していたので、隠し攻略キャラクターがいたとしても存在自体知りません。

うーん……悩みながら、クッキーをもう一枚。苺のジャムのクッキーも美味しいです。

甘味を味わいながら私が出した結論は「隠し攻略対象がいたとしても、どうでもいい」というものでした。

別に私はノルディア様を取られなければ、ヒロインさんが誰とくっついても構いません。むしろノルディア様狙いじゃなくなってほしいので、ノルディア様以外の誰でも良いから結ばれてほしいくらいです。

味わっていたクッキーをゴクリと飲み込んで、私は「それの何がいけないのです？」と言いました。

「私もノルディア様が学生でいて、婚約もしていなかったら追いかけまわす自信があるのです」

「……ノルディア、お前、本当に年上で良かったな」

思わずといった様子でフィーが言います。失礼ですね。

「魔国の方も異国から来たばかりで、気持ちが舞い上がってしまっているのかもしれませんね。しばらくしたら、落ち着くかもしれませんよ」

優しいリリアさんの言葉に、フィーは「そう、だな」と歯切れの悪い返事をします。

「落ち着いてくれれば良いんだが……現状はフリージア嬢に迷惑を掛けてばかりでな。正直、フリージア嬢に負担をかけてしまっている。問題が起きる前に、何とか対処したいんだ」

「なんでフリージアさんの名前が出てくるのです？」

「ああ、それは……」

フィーが答えようとしてくれた時、伝令の騎士が駆け込んで来ました。

「フェリス殿下！　失礼します！」

慌てた様子でやって来た騎士が伝えてくれた情報は、全員を驚愕させるものでした。

「グリーンベルご令嬢が、ローズマリーご令嬢の制服を切り刻んだとの通報がありました！」

「そんな馬鹿な」と呟くフィーと、私も同じ気持ちです。グリーンベルご令嬢……私の友達のフリージア・グリーンベルさんは誰にでも真正面からぶつかっていくような人です。陰口を言っている姿だって見たことがありません。そんなフリージアさんが制服を切り刻むなんて陰湿なことはしないはずです。

「何か誤解があるようですの」

私達はフリージアさんの冤罪《えんざい》を晴らすべく、学園に向かうことにしました。

◆
◇
◆

私、サクラ・ローズマリーには前世の記憶がある。

そんなことを言ったら、頭がおかしいと思われちゃうかな？　でも本当なんだもん。

私の前世は、桜《さくら》っていう名前の女の子だった。サクラ・ローズマリーになった最初の頃は、この世界は夢なんだって思っていたんだけど、何度寝ても覚めなくて、転生したんだって気付いたの。

段々と成長していく私の姿は、前世で大好きだった『君と紡ぐ千の恋物語』っていう乙女ゲームのヒロインの姿にそっくりだった。ヒロインだけが使える特別な魔法の力が開花して、学校に通う歳になる少し前に男爵家の人が養子にしてくれて、私はヒロインなんだって確信した。気分はもう最高。ヒロインはこの世界の主人公。魅力的なキャラクターを選びたい放題なんだもん。

クールでカッコいいフェリス王子、知的で大人の魅力に溢れるルーファス先生、優しくて可愛いリージア君に、少し強引だけどそれが良いレオン王子も、みんな私のもの！　騎士のノルディアだけは筋肉質だし不愛想だし、ちょっと苦手なんだけどね。隠しキャラクターを出すためにはノルディアも含めて全員攻略しないといけないから、我慢するけど！

「最後は誰を選ぼうかな。迷っちゃうな〜！」

『君紡《きみつむ》』の始まり、学園の入学式の日になった時は本当にドキドキした。ワクワクしながら学園の門を潜って、一番最初のイベントがある場所に行った。

学園の門から少し進んだ先にある中庭。そこでは闇の精霊の契約者になったことで人間不信になってしまったフェリス王子が、人と関わりを持つことを嫌って入学式から抜け出していて、たまたま道に迷ったヒロインと偶然出会うシーンがある。

……はずだったのに。

「なんでフェリス王子、全然来ないの!?」

待っても待ってもフェリス王子は来なかった。見回りに来た先生に見つかって入学式に連れて行かれて、そこで新入生代表としてスピーチをしてるフェリス王子を見た時は本当にびっくりした。ニコニコと明るい顔で笑うフェリス王子は、『君紡《きみつむ》』のクールでカッコよくて、少し影のあるフェリス王子とは全然違うし。後から聞いたら、闇の精霊とも契約してないんだって。

他にも学園の先生として毎日会えるはずだったルーファス先生は、冒険者ギルドのマスターになっていて中々会えない。仲良くなりやすい設定だったはずのリージア君は、私と話さないで魔道具の研究ばっかりしてる。レオン王子はどこを探してもいない。ノルディアは……何が変わってるのかよく分からなかった。『君紡《きみつむ》』でもムスッと立ってるだけだったし……

それで、一番変わっていたのは悪役令嬢のユナだった。

『君紡《きみつむ》』のユナは、どの攻略対象を選んでも邪魔してくる面倒な悪役。私の好きなフェリス王子の婚約者で、ヒロインを虐める邪魔なキャラクター。だけどこの世界のユナは全然違った。

「ノルディア様、大好きですの！」

変な口調に、謎のノルディア推し。あの不愛想筋肉騎士のどこが良いんだか。おまけにヒロインの私もいじめない。悪役のユナがちゃんと動いてくれないせいで、攻略が全然うまく進まなかった。

もしかしたら、私は『君紡《きみつむ》』のバグった世界に転生しちゃったのかもしれない。でもバグだったとしたら、この世界には運営もないし、どうすれば直るんだろう……？

そう悩んでいた時、隠し攻略キャラクターのハル君が学園に転入してきた。

「初めまして。あなたがサクラ様でしょうか？」

微笑むハル君に、最初はびっくりした。だってハル君は『君紡《きみつむ》』だと、全部の攻略対象をクリアしないと出てこない、周回必須のキャラクターだったから。

気難しくて、選択肢を一つでも間違えれば攻略失敗になる難易度の高い設定だけど、その正体は魔国の国王。『君紡《きみつむ》』でもすごい人気があって、前世ではたくさんのグッズも発売されていた。

「サクラ様、あなたの魔力はとても優しく感じます。きっとあなたが素晴らしい方だからですね」

難易度の高いキャラクター……だったはずなんだけど……

ハル君は何故か、最初に会った時から、私に対する好感度が高かった。

「変なの。やっぱりこの世界、バグってるのかな？」

「どうかしましたか？」

「ううん、なんでもない！」

「サクラ様、僕はあなたを愛しています」

「えへへ、ありがとう！」

ハル君の行動を不思議に思うこともあったけど、私はヒロインだもん。愛されて当然だよね。ハル君と結ばれて、後は悪役令嬢の断罪シーンを終わらせれば、『君紡《きみつむ》』はハッピーエンドで終わる。

バグばっかりで心配だったけど、ちゃんとクリアできそうで良かった。そう思って安心したんだけど、肝心の悪役令嬢……ユナが学校に来なくなっちゃったのよね。なんかノルディアと一緒にどっか行ってるんだって。もう、こんな時までバグらないでほしいんだけど。

「どうやってハッピーエンドに進めば良いんだろう？」

呟いて、ふと視界に入ったのはフリージア・グリーンベルの姿だった。『君紡《きみつむ》』では出ても来なかったモブキャラの一人だけど、この世界だとチョコチョコ小言を言って絡んでくる鬱陶しい人。

「あの人でいっか」

ユナの代わりを適当に決めて、私は自分の制服を切り刻んだ。『君紡《きみつむ》』は悪役令嬢が自主的にやってくれるけど、この世界はバグってるから自分でやらないといけなかった。

「ハル君、聞いて。フリージアに制服を切られちゃったの」

「それは酷いですね」

「そうでしょ！　ねぇ、ハル君。フリージアを懲らしめてよ」

切った制服を見せてハル君に訴えれば、「もちろんです」と頷いてくれる。「どうやって懲らしめますか？」と聞いてくるハル君に、『君紡《きみつむ》』のラストイベント……学園の講堂で、悪役令嬢がヒロインにしていたいじめを責められる断罪シーンのことを伝えたら、ハル君は「ではその通りに」って頷いて、話はトントン拍子で進んで行った。

◆ ◇ ◆

「サクラ様を虐めるあなたの態度、酷いですね」

ハル君は私の望み通りにフリージアを呼び出してくれた。広い講堂の中、取り巻きの一人も連れないでやって来たフリージアは人望がないのかもしれない。

本当は講堂中に人を集めて、全員にフリージアの断罪シーンを見せつけたかったんだけど、ハル君にやんわり止められちゃった。ちょっと不満だけど、まぁ、いっか。イベントさえ終われば後はハッピーエンドだもんね。少しは我慢しないと。

「フリージアさん、酷い。いくら私が嫌いでも、制服を切り刻むなんて……」

嘘っぽくならないように頑張って泣きながら、切り刻まれた制服をフリージアに見せつける。……やったのは私なんだけどね。

ボロボロになった制服を見て、フリージアは息を飲んだ。

「これは酷いですわ。制服がこんなにボロボロになるなんて、一体どうしたのですか？」

「とぼけないで！　フリージアさんが、風魔法で切り刻んだんでしょ！」

「とぼけるも何も、私はやっていません。そもそも私が得意なのは風魔法ではなく、火魔法ですわ」

毅然とした態度で言い返してくるフリージアに腹が立った。モブキャラのくせに、なんでヒロインの私に言い返してくるのかしら。黙ってイベント通りにしてくれれば良いのに。

「私はやっておりませんが、何故私だと思われるのでしょうか？」

「だってアンタが一番、私にぐちぐち言ってきたし……」

「サクラ様に限らず、必要とあれば注意はします。それだけではなく、私がやったという明確な証拠があるのでしょうか？」

「べ、別に証拠なんて……」

「証拠も無しにこんなこと……まぁ、良いですわ。今後は人を疑う前に、ちゃんと調査をしてくださいませ」

「お話がそれだけでしたら、私は教室に戻らせて頂きますわ」と言うフリージアに、コイツまでバグってるのかと、苛立ちが止まらない。

「フェリス殿下に相手にされなくて、恰好良いハル君と仲良くしてる私が羨ましかったんでしょ！　だから制服に手を出したんでしょ!?」

「……そう思い込んで、私を責めたいのならそれで結構ですわ。次に呼び出す時は、調査結果を揃えてからでお願いします」

講堂から出て行こうとするフリージアに、私は「ちょっと！」と叫んだ。聞こえてるはずなのに、フリージアは止まらない。やだ、どうにかしないと。断罪イベントが失敗するなんて『君紡《きみつむ》』の中にはなかった。このままだと攻略失敗になってゲームオーバーになっちゃうかもしれない。焦った私は、ハル君に縋《すが》った。

「やだ、ハル君。どうにかして」

「ええ、分かりました。それがサクラ様の望みなら……」

ハル君はすぐに頷いてくれた。そして、講堂から出て行こうとするフリージアに声を掛ける。

「フリージア・グリーンベル、こっちを向け」

一瞬、「あれ？」って思った。優しいハル君の口調が別人みたいになっていたから。他の人が来たのかなって思ったけど、講堂の中には私たち三人しかいないままだった。

「これ以上なにを……」

振り返ったフリージアがハル君と視線を交わした瞬間、ギクリと体の動きを止めた。いつも気の強そうな目つきをしてる生意気なフリージアが、何かに怯えたような表情をしていた。

「あなたがサクラ様の制服を切り刻んだんですよね？」

「そんなこと……」

「本当に？　していませんか？」

「私が、そんなことするはずが……」

「サクラ様の部屋に忍び込んで、制服を切り刻んだ。そうですよね？」

「そんな……いえ、あなたが悪いのよ。いつも迷惑をかけて、私がどんなに大変な目にあっていると思いまして？」

ハル君に問いかけられるうちに、フリージアの瞳が揺れていく。その姿はドラマの中で刑事に追い詰められて、自白する直前の犯人みたいだった。

変なの。フリージアはやってないのに。どうして動揺してるんだろう？　よくわかんないけど……私には好都合だからいっか。このまま断罪がうまくいけば、私はハッピーエンドで終われるもんね。

「酷いっ！」

ワッと泣きまねをしてみても、フリージアはぼうっとするだけ。演じがいが無くてつまらないわね。

「心優しいサクラ様を虐めるなんて、あなたは貴族として相応《ふさわ》しくありません」

だけどいっか。ハル君はちゃんと『君紡《きみつむ》』のストーリー通りに動いてくれるし。やっぱり今までがおかしかったのよ。私はヒロインで、ヒロインの私が望む通りにストーリーが進んで行くのが正しいんだもん。

「サクラ様。これからは僕がサクラ様を守ります。だから、安心してください」

ハル君に抱きしめられて、ハッピーエンドに辿り着けたことを噛みしめる。幸せだなぁ。私、

『君紡《きみつむ》』の世界に転生して、本当に良かった。

「ハル君」

隣に立つハル君を抱きしめ返そうとして……

「フリージア嬢に、何をしている？」

……講堂に飛び込んできたフェリス王子の声に、動きを止めた。

どこから走ってきたのか、フェリス王子は息切れをしてた。『君紡《きみつむ》』のクールなフェリス王子は、どんな時だって走ったりしなかったのに。髪も乱れてるフェリス王子は私を見て、私の隣のハル君を見て、次に講堂の中でぼうっと立つフリージアを見つけると、すぐにフリージアに駆け寄って行った。

なんだか良いタイミングを邪魔されちゃって、抱き着こうとしていたハル君からそっと離れてみる。

「大丈夫か、フリージア嬢！　しっかり、僕の目を見て！」

フェリス王子は私とハル君のことなんか気にしていられない感じで、必死にフリージアに呼びかけていた。やっぱり『君紡《きみつむ》』の時と、フェリス王子の性格が全然違う。

……けど、なんだか良いなと思った。あんなフェリス王子は私のタイプじゃないけどね。でも必死になるってことは、それだけフリージアが大事ってことでしょ。それがちょっと羨ましいと思った。

フェリス王子に呼びかけられたフリージアは、ペタンと地面に座り込む。ずるいわよね、さっきまでは威勢が良かったのに、フェリス王子が来た途端にしおらしくなるなんて。

「……え、フェリス、殿下。どうして、ここに？」

「すまない、フリージア嬢。君がサクラ嬢に呼び出されたと聞いたから捜していたのだが……講堂に張られていた魔法を破るのに時間が掛かってしまった。立ち上がれるかい？」

「ええ」

「まだ体に力が入ってないね。掴まって」

今だってフェリス王子に触りたいからって立ち上がれないフリなんかして、本当にずるい。そこまで考えて、ふとフェリス王子の言葉が引っかかった。「講堂に張られていた魔法」って言っていた？　別に私は魔法なんて、使っていなかったはずだけど……

「フェリス殿下？　先ほど仰《おっしゃ》っていた魔法というのは？」

フリージアも同じ部分を疑問に思ったみたい。ついでだから一緒に教えてもらおうと思っていたら、嫌な声が聞こえてきた。

「講堂全体に魔法が掛かっていたのです。一部の思考を誘導する、洗脳魔法ですの」

特徴的な話し方。『君紡《きみつむ》』の中で、嫌というほど聞いた声。フェリス王子の後ろから講堂に入ってきたユナの姿に、私は「うげ」と顔をしかめた。

「清廉潔白なフリージアさんを洗脳して罪を押し付けるなんて、随分酷いことをするのです」

「全部分かってる」みたいな顔をするユナにイライラする。確かにちょっといじめを捏造《ねつぞう》したけど、別に洗脳魔法なんて使ってないもん。

「何よ、やっとバグったヤツがいなくなったと思ってたのに帰ってきたの？　それに罪を押し付けるって何？　変な言いがかりしないで！」

「言いがかりではないのです。そもそも、魔法を使って洗脳している時点で、被害を受けているのはフリージアさんですの」

「魔法なんて使ってないもん」

私とユナが言い合う中、フリージアが「魔法？　あれが？」と呟いていた。

「魔法を掛けられていたなんて、信じられませんわ。でも確かに、言われてみれば先ほどから頭がぼうっとしていて、自分でも何を言っているのか分からなくなっていましたわ」

ユナのわけの分からない言葉に乗っかって、フリージアまで何か言い出した。フェリス王子まで「大丈夫？」なんてフリージアを心配し始めるし、本当に最悪。

なんでよ。フリージアは『君紡《きみつむ》』に出てもこないモブなのに、なんでフェリス王子に心配してもらって、ちょっと良い雰囲気になってるの？　意味が分からない。

「何でよ。モブの公爵令嬢なんて、口うるさいばっかりなのに……」

ボソリと言ったら、ハル君だけが「そうですね」って言ってくれた。

「サクラ様を虐めていた人なのに、庇うなんて酷い人たちです」

「うん！　やっぱりそうだよね！」

ハル君だけは私の味方になってくれた。嬉しくて、今度こそハル君に抱き着こうとする。

「闇魔法〈闇の鎖《ダークチェイン》〉ですの」

それを邪魔したのは、またしてもユナだった。

「え？」

「水魔法〈水の盾《ウォーターシールド》〉」

私の体の脇を、ユナの魔法……黒い鎖が通り過ぎて行った。ハル君の体に巻き付こうとする鎖を、ハル君が魔法で食い止める。

「何をするのでしょうか？」

「あなたを捕らえるのです。魔国の留学生の……名前は知らないのです」

「ハルと申します。以後お見知りおきを。ところでこの学園は、生徒が生徒に対して魔法を放っても許されるのでしょうか？」

「先にフリージアさんに魔法を使用した方が、何を言っているのです？」

「ふふ、何のことでしょう？」

「洗脳魔法に残っていた魔力、その〈水の盾《ウォーターシールド》〉の魔力と同じですの」

「おや、それは珍しい。魔力の質が似ている方が、近くにいるのかもしれませんね」

「しらばっくれる気ですの？」

「さぁ？　しらばっくれるも何も、僕がやったという証拠がありませんから」

ギチギチと音を立ててハル君を締め上げようとする〈闇の鎖《ダークチェイン》〉に、水しぶきを上げながら抵抗する〈水の盾《ウォーターシールド》〉。

私にはハル君の言っていることも、ユナが言っていることもよく分からなかった。分からないまま、呆然としていて……「パン！」という乾いた音がして、ハッとした。

「はい、そこまで。ユナ、魔法を収めて。ハルさんも」

音の正体は、フェリス王子が手を叩いて出したものだった。

「でも……」

「でもじゃないよ、ユナ。それともノルディアに止めてもらうほうが良いかな？」

「……分かったのです」

「ハルさんも、良いですか？」

「ええ、僕は構いません」

ハル君とユナ、二人の魔法を消したフェリス王子は「今日は一旦解散しよう」と言った。

「フリージア嬢も消耗している。無理はさせられない。洗脳魔法の件も、しっかりと調査をしてから話し合おう。それで良いね？」

優しい口調なのに、誰もフェリス王子に逆らえないような空気だった。

なんだか嫌な雰囲気の中、私はハル君と一緒に講堂を出た。

「ねぇ、ハル君。なんか私、間違ってるのかな？」

「いいえ、サクラ様は何も間違っていません」

「そう、かな？」

不安になって尋ねたけど、ハル君と話してるうちに頭がぼうっとしてきた。ユナの言葉も、フェリス王子の言葉も、ついさっきのことなのに上手く思い出せない。なんだっけ。二人とも何に怒ってたんだっけ……

「ええ。サクラ様は何も間違っていません」

「……そうだよね」

ハル君に肯定してもらえると、不安だった気持ちが落ち着いていく。そうだよね、私は間違ってないよね。

「愛しのサクラ様。あなたにどうしても見てほしいものがあるんです。どうか僕と一緒に来てくれませんか？」

差し出されたハル君の手を、私は握り返す。ハル君の手は氷みたいに冷たかった。少しでも温まれば良いなと思って、両手で包み込む。

「うん、いいよ。ハル君となら、どこにだって行ってあげる」

「サクラ様、ありがとう」

ハル君は幸せそうに笑ってくれた。嬉しくて堪らないって表情に、私まで幸せな気持ちになる。

「本当に良かった。これで、あの子が……」

「ハル君、何か言った？」

「……いえ、何も言っていません。さぁ、行きましょう」

「うん！　どこに連れて行ってくれるの？」

「着いてからのお楽しみです」

そう言って、ハル君は私を連れて空に浮かび上がる。少しずつ遠くなる学園を見つめながら、不安なんて少しも感じなかった。

だって私はヒロインだから。きっと最後は、絶対に幸せになれるはずだもん……

第四章　消えたヒロインの行方

「グリーンベルご令嬢が、ローズマリーご令嬢の制服を切り刻んだとの通報がありました！」

その知らせを受けて学園に向かった私達が見たのは、フリージアさんが呼び出されたという講堂を包む、洗脳魔法の痕跡でした。

フリージアさんを心配して焦るフィーを制して、洗脳魔法を壊してから講堂に突入すると……そこにはヒロインさんとフリージアさん、それと……私は見たことの無い、黒髪黒目の男性がいました。

「ハルと申します。以後お見知りおきを」

柔らかい口調で話す男性……ハルですが、その魔力はおどろおどろしいものでした。淀《よど》んだ魔力に、感情の読み取れない暗い瞳。離れた場所から見ているだけでもぞっとするのに、なんでヒロインさんは側にいて、平気そうに笑っていられるのでしょう……？

フリージアさんは洗脳魔法を掛けられていた影響か消耗していますし、一刻も早くハルを拘束したかったのですが、確たる証拠もなく、捕まえることはできませんでした。

「証拠さえつかめれば、異国の生徒でも処分できる」というフィーの言葉を信じて、ハルの調査が始まるのを待っていた矢先……

ヒロインさんが、学園から姿を消してしまいました。同時にハルの姿も消えたことで、学園は大騒ぎになっています。貴族の子供や王族のフィーまで通う学園で、誘拐事件なんて洒落《しゃれ》になりません。

当然学園内には、常駐の騎士が大勢います。生徒が各家庭から連れてきている護衛もいる中で、誰にも気付かれずに二人もの人間を攫《さら》うことはほぼ不可能でしょう。

ということはつまり……内部犯の可能性が高い……？

「ユナ様、ローズマリー男爵家の様子を見て来ました」

「青藍、ご苦労様ですの。それで、どうだったのです？」

「屋敷内は騒然としており、ローズマリー男爵家の人間が何かを企てているということは無さそうです」

ローズマリー男爵が、格上の公爵家……フリージアさんともめたヒロインさんを屋敷に閉じ込めたのかと思ったのですが、青藍に探ってもらった様子からして、外れているみたいです。

まぁ、そうですよね。ヒロインさんは簡単に閉じ込められるとしても、あのハルとかいう男は、簡単に捕まってくれないと思います。私の〈闇の鎖《ダークチェイン》〉を防いだ時も、まだまだ余裕がありそうでした。

ハルを捕まえるとしたら、かなりの手練れじゃないと難しいはず。それこそノルディア様やルーファス先生のように、国内でもトップレベルの戦力を投入しないと……でも、それなら激しい戦闘が起こるはずです。誰にも気付かれず、学園も破壊しないで連れて行くことなんて出来るのでしょうか……？

「……自分たちで出て行ったのです？」

考えて、出た結論は「ヒロインさんとハルは、自分たちの意思で出て行った」というものでした。

先日会った時、少ししか見られませんでしたが、ハルはヒロインさんに頼まれるまま動いていました。ヒロインさんが「一緒に行こう」と言えば、ハルは大人しく付いて行くかもしれません。

もしくは、ハルが『君紡《きみつむ》』の隠し攻略キャラクターだとしたら、なにかのイベントの最中という可能性もありますけど……

「隠し攻略キャラクター……うーん……そんなのありましたっけ……」

頑張って思い出そうとしても、『君紡《きみつむ》』の隠し攻略キャラクターなんて全く思い出せません。思い出せないというか、全く知らないのです。

うっすらとした記憶で、前世で見た『君紡《きみつむ》』の物販コーナーに、ハルのグッズがあったような気はするんですが……ノルディア様のグッズだけを買いあさっていた私は「何か黒髪のキャラがいたなー」くらいしか覚えていません。

「ううーん、前世の記憶なんて役に立たないのです……」

そう嘆いていた数日後……事態は少し、進展を見せました。

最初に「それ」に気が付いたのは、失踪事件を調査していた騎士の一人です。学園の廊下に残っていた僅かなハルの魔力残滓。詳しく調べたところ、〈飛行《フライ》〉の魔法を使った跡だということが分かりました。

なんで私が詳しい事情を知っているのかというと……

「この魔力残滓を辿《たど》って、サクラ嬢たちを追うことはできないか？」

と困り顔のフィーに頼まれているからです。

「私がですの？」

「〈飛行《フライ》〉なんて高度な魔法を使える者は少ないんだ。使えたとしても数分が限界。〈飛行《フライ》〉が得意な者を呼び寄せれば可能だが……それを待つ内に魔力残滓が消える可能性もある」

フィーに案内されて、ハルの魔力が残っている廊下に来ましたが、確かに残っているのは今にも消えそうな魔力だけ。この感じからして……あと数日もしないうちに、魔力が散って消えてしまうでしょう。

「負担をかけてばかりですまないが、やってくれないか？」

「えー……気が乗らないのです。〈飛行《フライ》〉を使ったということは、自分から出て行っているみたいですし、その内帰って来ると思うのです」

「報酬はノルディアの休日、二日でどうだ？」

「私にどーんと任せるのです」

「そうか、助かるよ」

「ありがとう」と言うフィーに転がされている気がしますが、多忙なノルディア様の休日二日は貴重すぎます。今すぐにでもヒロインさんを追いかけましょう！

「そうだ、調査にはノルディアも連れて行って良い」

「本当ですの⁉」

「ああ。サクラ嬢とハルを見つけたら連れ帰ってきてほしいが、もしも早く解決したら、今日のノルディアの仕事はそれで終わりだ。ユナ、意味は分かるな？」

「もちろんですの！　最速で解決して、ノルディア様とデートするのです！」

「任せたよ」

微笑むフィーの手のひらの上でコロッコロです。ノルディア様が若干引いた顔で「ユナの扱いが年々上手くなるな」と呟きました。

◆◇◆

フィーに頼まれてから数分後。

言った通りの最速で出発したメンバーは、私、ヨル、ノルディア様、青藍の四人です。

急ぎ過ぎて青藍を置いて行きかけて、青藍に「私、ユナ様の護衛ですからね⁉」と怒られるハプニングもありましたが、なんとか出発することができました。

空へと伸びていく魔力残滓を、鳥型のヨルに乗って辿っていきます。バサリという羽ばたきと共に訪れる浮遊感はもう慣れたもので、一番怖がりの青藍も平然としています。

「フィーのやつ。最近、俺をユナに売り渡すことが多くねェか？」

グングンと空を進むヨルの背中で風を感じていると、ノルディア様がポツリと一言。

「ノルディア様。もしかして迷惑だったのです？」

「いや、護衛騎士なのに、なかなかフィーの側に居てやれねェなと思っただけだ」

私が傷つかないようにでしょう、「ユナと一緒にいるのも、退屈しねェから楽しいけどな」と付け足したノルディア様に、申し訳ない気持ちになってしまいます。

ノルディア様がずっと騎士になりたがっていたのは、私が一番よく知っています。フィーの護衛騎士を任されて喜んでいたはずなのに、確かに最近は私と一緒にいることのほうが多いです。ノルディア様の夢を邪魔するのは、私自身でも絶対にダメです。

「ううう……ノルディア様、大好きですの！　ノルディア様の為なら、ノルディア様断ちも頑張るのです！」

「いや、悪かった。そういうつもりで言ったんじゃねぇ。気にすんな」

今度フィーから、ノルディア様を餌に頼みごとをされても絶対に飛びついたりしません！　絶対に絶対、飛びつく前に考えます。ノルディア様の迷惑にならないように考えて……考えられますかね……

未来の自分に不安を抱く中、ノルディア様が「それにしても暑《あち》ィな」と言って、汗を拭いました。首筋をツゥと流れる汗が、色気たっぷりで最高です。

言われてみれば確かに暑い気がしますが、おかしいです。方角的にはノルディア様の故郷の方……氷雪地帯に向かっているので、本来なら寒くなってくるはずなのですが……

不思議に思って、空を見上げました。雲一つない青空の中、煌々《こうこう》と輝く太陽がやけに近い気がします。

「なんか……太陽、近付いてきていませんか……？」

不意に青藍が呟きました。その言葉通り、太陽が……いえ、太陽と被るように飛んでいた、煌々と燃える巨大な鳥が、こちらに向かってきていました。

「なんですの⁉　あの鳥、大きいのです！」

私達を乗せているヨルよりも何倍も大きな燃える鳥。風を受けて揺らめく炎の体は幻想的で、時折金色に輝きながら散る火花は美しいです。それでいて羽ばたく姿は、太陽の化身のような力強さを感じます。

一目見ただけで、圧倒的な強さを感じる炎鳥を前に、青藍が「フェニックス」と、呟きます。

「フェニックス、ですの？」

「あの姿は、そうだと思います」

「私も文献でしか見たことはありませんが」と前置きをして、青藍は話してくれました。

かつて栄華を誇った魔国。その国を興した初代魔王ハルジオンには、四体の魔物が仕《つか》えていた。

一体目は不死の狼である、フェンリスヴォルフ。彼《か》の者の体は、斬っても焼いても立ち上がり、魔王の盾として全ての攻撃を引き受けた。

二体目は海上最強の生物、シーサーペント。彼の者の体は、水中で何よりも速く動き、どんな敵をも飲み込んだ。

三体目は雷を操りし天馬、ペガサス。彼の者の体は、自在に天を駆け巡り、魔王の憂いに雷を落とした。

四体目は炎の体を持つ鳥、フェニックス。彼の者の体は、炎そのもの。魔王の進む道を照らし、敵対する者を焼き滅ぼした。

魔王ハルジオンは配下を愛し、配下もまた魔王ハルジオンに敬愛の念を抱いていた。

しかし、最強と名高かった彼等は、一人の勇者によって打ち滅ぼされる。

四体の死後、魔王ハルジオンも後を追うように勇者に倒されて……その後の魔国は、緩やかな衰退を辿っていった。

「――それが文献に記されている魔国の歴史です。でも、勇者に倒されたはずの魔物が、なんで今になって……」

困惑気味に言う青藍の言葉に反応したかのように、フェニックスは速度をあげてこちらに向かってきました。

「勇者、勇者、勇者！」

距離が縮まるにつれ、フェニックスの様子がおかしいことに気付きます。

「どこに行った！　我が王を封じた憎き人間！」

轟々《ごうごう》と燃える体に、爛々《さんさん》と輝く瞳。怨嗟《えんさ》の言葉を吐く姿は、何かに怒り狂っているようにしか見えません。

「ヨル！　避けろ！」

ノルディア様が叫んで、ヨルがフェニックスから離れる為に方向転換をしようとします。

「[illegible]（火の魔法）」

けれどヨルが羽ばたく前、聞きなれない呪文を唱えたフェニックスが大きく口を開けて、業火を放ちました。

呪文が聞き取れないので、どんな魔法か分かりませんが……火を操る魔法なのは間違いありません！　このまま直撃すれば、全員焼けてしまいます。

「闇魔法〈影移動《シャドウムーブ》〉！　緊急回避ですのっ！」

いつものように魔法を使って影の中に逃げようとしたのですが……どうしてか、魔法が発動しません！

「影が操れないのです⁉　なら、氷魔法〈氷の《アイス》……〉」

闇魔法が使えないのなら、氷魔法を……！　そう思ったけれど、もう手遅れでした。

熱を感じられるまでに近付いた炎に対して、今から魔法を構築しても、間に合わないことは明らかです。

「……ッ！」

思わず目を瞑ってしまった私のことを、力強い手が掴んで、包み込んでくれました。

「任せろ」

短い言葉は、ノルディア様のもの。たった一言だけなのに、ノルディア様の声を聞くだけで、大丈夫だと安心してしまいます。

炎の熱から守るかのように、ノルディア様は左手で私を抱え込んで、右に握った剣で斬撃を放ちました。ザンと、斬撃が空を走る音が聞こえます。私達に迫っていた業火を二つに切り裂いて、それでも威力の落ちない斬撃はフェニックスへ向かいました。左右に落ちていく炎の中、ノルディア様は火の粉を浴びながら、斬撃の行方を見守っています。

「炎を切り裂く剣、だと⁉」

ノルディア様の斬撃は、見事にフェニックスの体を切り裂いた……ように見えました。しかし、斬られた筈のフェニックスの体は、一度ユラリと揺らいだだけ。血を流すことも、痛がる素振りもないまま、空を飛び続けています。

「……チッ。炎の体に物理攻撃はノーダメージってことか」

ノルディア様は悔しがっていますが……もう、最高です……

私を守ってくれるノルディア様は最高にカッコいいですし、鍛え上げられた体が私を抱きしめるのも堪りません。前よりもがっしりとしている胸筋は、鍛え方を変えたのでしょうか？

「……ユナ、涎出てんぞ」

呆れたようなノルディア様の声に、ハッと正気を取り戻します。

「あ、危ないのです！　ノルディア様の腕の中なんて……そんな危険な所に居たら、正気を保てないのです！　もう少しで撫でまわしてしまうところでした」

危なかったと慌てていると、青藍がそっと涎を拭いてくれました。

「ノルディア様、庇ってくれてありがとうございますの」

気持ちを落ち着かせてお礼を言った瞬間、私は気付いてしまいました。

ノルディア様の最高にカッコいい、国宝級の顔面に火の粉が当たって、火傷《やけど》ができてしまっていることに!!

「ノルディア様の頬に火傷が……あの鳥、絶対に許さないのです……」

ゆらりと振り返って、フェニックスを見る。

「許さない、許さない、許さない！　我が王を傷つけた人間は許さない！」

フェニックスも何やら怒って、また炎で攻撃をしてこようとしますが……

「許さないはこっちのセリフですの!! 氷魔法〈氷の盾《アイスシールド》〉からの、土魔法〈岩の盾《ロックシールド》〉！」

ノルディア様の顔に傷をつけたこと、絶対に後悔させてやります！

怒りながら作り出したのは、氷と岩で作った二枚の盾。狙いはフェニックスの炎を止めること……ではなく、フェニックスの炎を遮って影を生み出すことです！

「闇魔法〈影移動《シャドウムーブ》〉」

狙い通り、さっきは使えなかった闇魔法が使えるようになっています。恐らくフェニックスの業火が辺りを照らすせいで影が無くなって、一時的に〈影移動《シャドウムーブ》〉が使えなくなってしまうのでしょう。

「氷魔法〈氷の鎖《アイスチェイン》〉」

フェニックスの背後に移動して、〈氷の鎖《アイスチェイン》〉でフェニックスの体を縛ります。氷はすぐに溶かされてしまいますが……一瞬でも拘束できれば十分です。

「ヨル！」

呼べば、ヨルは私の意図を察して黒鳥の体から、靄《もや》状の体に姿を変えてくれます。ふわりと私の体を包んで、黒いドレスのようになったヨルと魔力を混ぜ合わせて、最大火力の魔法を放ちます。

「闇魔法〈闇の槍《ダークスピア》〉ですの！」

「闇魔法〈闇の矢《ダークアロー》〉に毒を追加！」

私に合わせて青藍も魔法を放ちます。一瞬空中に留めた魔法に、毒を混ぜ込むのは青藍ならではの技術です。ノルディア様も畳みかけて斬撃を放ちました。

三人同時の猛攻を受け、炎の体を持つフェニックスは地面に落ちていきます。

「やったのです！」

「よし！」

グッと握りこぶしを作った私達は……フェニックスと同じように、地面に落ちていきます……

「キャァァァアアアアアアアアア！　何で私達も落ちているんですか⁉」

バッタバッタと風を浴びて、髪どころか尻尾まではためかせながら叫ぶ青藍に、私は「仕方ないのです」と呟きます。

「あの鳥さんを落とすためには、全力で攻撃をしないと駄目だったのです」

「本音だト？」

「ノルディア様の顔に傷をつけた事が許せなかったのです！　なので、後の事は考えずに全力で攻撃したのです！」

「ユナ様の馬鹿ぁぁぁぁあああああ‼」

久しぶりに青藍が怒鳴っているのを聞きました。やっぱりこうやって騒ぐのが青藍って感じがしますね。

「風魔法〈飛行《フライ》〉」

ゆっくりと落下スピードを落とした後、再びヨルに鳥の姿に変わってもらいます。全員がヨルの上に戻った時、すでにフェニックスも地上で体勢を整えていました。

「許さない、許せない。我が王を傷つけたこの地もろとも、全て焼けて無くなってしまえ‼」

一度地面に落とされたことで怒りの感情が大きくなったのか、フェニックスの体が更に燃え上がります。膨らんだ炎が、地面を燃やして、草木を灰に変えていきます。

「بللل ه عاشم يري، غضبي يصبح بللل（炎は我が感情、我が怒り）」

フェニックスが呪文を唱えるたび、燃える体が大きくなっていきます！

燃え盛る体で、フェニックスが羽ばたきました。真っ直ぐに私達の方向に進んできます。これは……体当たりで、私達を燃やし尽くそうとしています⁉

「させっかよ！」

「氷魔法〈氷の壁《アイスウォール》〉」

同時に気付いたノルディア様が、私の魔法に合わせて斬撃を放ちます。斬撃はフェニックスを切り裂いて、〈氷の壁《アイスウォール》〉もフェニックスに真正面からぶつかりました。それでも、フェニックスは止まりません！

「憎き人間共、死ね」

憎悪の籠《こも》った言葉と共に、フェニックスの体が私達に迫って来ます。周囲はフェニックスの炎ばかりで、〈影移動《シャドウムーブ》〉は発動できません。

逃げ場がない中、「死んだかも」と思いました。死んでしまうなら最後にもう一度、ノルディア様を見たかった、そう思って隣を見ました。けれど、ノルディア様は真っ直ぐにフェニックスを睨んでいます。まだ、諦めないというように！

「そうですの、諦めるのはまだ早いのです！」

諦めかけていた体に力が戻って来ます。どんなに困難な道でも最後まで諦めない。諦めないで努力し続ける。そんなノルディア様を好きになった身として、一瞬でも諦めてしまったことが恥ずかしいです！

「ヨル、炎から逃げて！　氷魔法〈氷の鎧《アイスアーマー》〉」

氷で作った鎧をヨルに纏わせます。すぐに溶けてしまうけど、ないよりはマシなはずです。ヨルは私の願い通り、数度羽ばたいてフェニックスから逃げようとして……それから羽を止めました。

「ヨル⁉　何を……」

ぶわっとヨルの体が溶けました。黒い靄の形に変わって、ヨルは私達を包み込みました。

「ユナ、オイラの体の中だったら、〈影移動《シャドウムーブ》〉、使えるヨ」

逃げることをやめたヨルに、フェニックスが迫ります。燃える炎にヨルの体が少しずつ焼けていくのを感じます。契約している繋がりから、ぐんぐんヨルの魔力が小さくなっていくのが分かってしまいます。

「ヨル！　ダメ！　そんなことをしたら、消えてしまうのです！」

精霊に「死」という概念はありません。ただ、魔力が尽きれば消えてしまうだけ。

今もフェニックスの炎に焼かれて、減り続けるヨルの魔力がなくなった瞬間……ヨルは消えていなくなってしまいます。

「オイラ、ユナを守りたイ。ユナだけじゃなイ。ノルディアも青藍モ、オイラを受け入れてくれタ」

必死にヨルに魔力を送ろうとしますが、ヨルがそれを受け取ってくれません。

「オイラね、ユナに会えて楽しかっタ。ずっと一人で生きてきたけド、ユナが契約してくれたからラ、オイラにもいっぱい友達ができタ。抱きしめてくれて嬉しかっタ。名前もくれて幸せだっタ」

早くしないと、ヨルが消えちゃうのに。焦る気持ちばかり大きくなって、何もできないことに手が震えてしまいます。そんな私を、ヨルの魔力が包み込みました。

――オイラね、ユナに出会うまで、仲間も何もいなかったんだ。人間にも精霊にも怖がられて、ずっと一人ぼっちだった。寂しいなんて感情も分からなくて、一人が普通だと思って生きてきた。ユナが契約を結んでくれた時、オイラにも仲間ができたって、嬉しかったんだ。「ヨル」って名前をもらったのも嬉しかった。猫の姿に変わったら、ユナが抱きしめてくれるから幸せだった。ユナと一緒にいると、オイラを怖がらない人が増えて嬉しかった。ユナは変な契約者だったけど、それでもオイラは、ユナと契約できて幸せだった。

ヨルの感情の全部が、魔力を通して伝わってきます。

「十分すぎるくらい幸せだったからラ、オイラはもう消えて良いヨ」

ヨルが残り僅かな魔力で〈影移動《シャドウムーブ》〉を使おうとします。自分の体で作った影を使って、私たちだけを逃がそうとして……

「やだ、ダメですの！　ノルディア様のいる世界で……ハッピーエンド以外は認めないのです‼」

「ユナ、オイラを見つけてくれテ、ありがとウ」

絶叫する私を見つめ、ヨルは満足そうに笑っています。ヨルの魔力が薄れて、消えていきます……

「氷魔法〈氷の世界《アイスワールド》〉」

懐かしい声が聞こえました。その瞬間、空気が一瞬にして灼熱から寒冷に変わりました。

パリンと音を立てて、凍り付いたフェニックスの体が割れます。細かな氷の破片が落ちた先の地面には、髪も肌も白い女性が呆れたような表情を浮かべて立っていました。

「闇の。契約者を泣かせるなど、全く情けないのぅ」

呆れたように言うその人は……ノルディア様の故郷を守っている氷の精霊さんでした。

「久しいな、人の子」

冷気を発しながら笑う氷の精霊さん。心強過ぎる援軍です！

「〈影移動《シャドウムーブ》〉」

氷の精霊さんがフェニックスを凍らせてくれたおかげで、〈影移動《シャドウムーブ》〉を使えるようになりました。

弱り切ったヨルを連れて、私たちは氷の精霊さんのもとまで撤退します。

「まだ消えておらんな、闇の」

「別に助けてもらわなくてもモ、全然余裕だったからナ！」

プスプスと焦げて小さくなっているヨルですが、氷の精霊さんに減らず口を叩く余裕はあるみたいです。急いで魔力を注ぎ込みます。

「ヨル、無茶したらダメですの！　……でも、ありがとうですの」

「ウン……ゴメン……」

グングンと魔力を吸って、ヨルの靄が安定してきます。体を猫型に固定できるまで回復したのを確認してから、私は氷の精霊さんに尋ねます。

「氷の精霊さん、どうしてここにいるのです？」

ノルディア様の故郷までは、もう少し距離があります。どうして私たちがフェニックスに襲われていると気付いたのでしょう？

「あの鳥は、かつてこの地を枯らしたのじゃ。枯れた大地に苦しみながら、幾人もの人間が飢えと渇きで死んでいった。此方《こなた》が共に生きたいと思った人間も……あの地獄で力尽き、此方を置いて逝《い》ってしまった。あの惨状は今でも忘れられない。故《ゆえ》に此方は誓ったのじゃ、炎鳥《えんちょう》が舞い戻ったとしても二度目は許さぬとのぅ」

そう言う氷の精霊さんは、どこか遠い目をしています。「フェニックスがかつてこの地を枯らした」という、昔のことを思い出しているようです。

「枯れた土地はなかなか生き返らぬ。死んだ人間には二度と会えぬ。悲しい想いをするのは、あの一度きりで十分じゃ」

「氷の精霊さん……」

「というわけでのぅ。悪いが炎鳥、ここからは此方が相手じゃ。凍り付かせてやるからのぅ」

氷の精霊さんの言葉に答えるかのように、凍っていたはずのフェニックスの体がどろりと溶けました。溶けた氷の欠片が燃え上がり、炎が集まって、フェニックスの体が再生していきます。

「許さない、人間は許さない。人間に与《くみ》するのなら、精霊とて容赦はしない！」

「喚《わめ》くな。ここにおるのは、お前らと違う時代を生きる人間じゃ。理解しようともせず、周りを顧《かえり》みることもせずに暴れるのなら、此方だって容赦はできないのぅ」

フェニックスの怒りに押されることなく、氷の精霊さんはそう言いました。同時にその姿を真っ白い狐の姿に変えました。狐の姿は、氷の精霊さんの本来の姿です。それになるということは……氷の精霊さんも、本気を出すということです。

氷の精霊さんが姿を変えたと同時に、周囲の冷気が増していきます。氷の精霊さんを中心に、パキパキと地面が凍り始めました。空気中に含まれる水分まで凍って、氷の粒が周囲をキラキラと輝かせながら地面に落ちていきます。息をするだけでも体が一瞬で冷えるほど、氷の精霊さんの魔力が辺りに充満していきます。

対するフェニックスも、氷の精霊さんに対抗するように体の炎を大きく揺らめかせて、上空の温度を上げていきます。ゆらりゆらりと歪む空は、どれだけの高温になっているのか見当もつきません。

「人の子、今の内にここを離れるのじゃ」

周囲の環境が変わるような二人の対決です。私にできることはないのかもしれません。でも、氷の精霊さんだけに、フェニックスの相手を任せてしまって良いのでしょうか……

「ユナ、行こウ。オイラ達が居たラ、氷の精霊が不利になル」

躊躇《とまど》う私にそう言ったのはヨルでした。

否定しない氷の精霊さんに、ヨルの言葉が正しいことに気付きます。氷の精霊さんは近くにいる私たちまで凍らないように、力を抑えているようです。私たちが残ると、氷の精霊さんの足枷になってしまいます。

「お願いするのです」

「うむ、任された。魔鳥一匹を凍らせるのなど、此方だけで十分じゃ」

氷の精霊さんに頷いて、〈影移動《シャドウムーブ》〉を発動する直前。

「良かったのぅ、闇の。良い契約者に巡り合った」

氷の精霊さんが、私が抱きかかえるヨルの頭を尻尾で一撫でして、言いました。

「此方は叶えられなかった、夢のような光景だのぅ。大事にするんじゃぞ、ヨル」

影の中に私たちの体が沈みます。直前に見えた氷の精霊さんは少し寂しそうな顔をしていました。

◆　◇　◆

氷の精霊さんと別れた私たちは、再びヒロインさんとハルの魔力を追いかけることにしました。ヨルの回復を第一に、〈飛行《フライ》〉の魔法を使っての追跡です。

「大丈夫かナ」

誰よりも不安そうにしているのは、真っ先に「行こウ」と言ったはずのヨルです。皆の視線に気が付くと、「べ、別に心配してる訳じゃないけド！」とそっぽを向きますが、本心は氷の精霊さんが心配なのでしょう。ヨルが素直になれないのはいつものことです。

「氷の精霊さんも心配ですが、他にも魔物が現れている気がするのです」

「一度姿を見せてるフェンリスヴォルフに、フェニックス。同じようなタイミングで出てきたってなると、残る二体が出てきてもおかしくはないな」

「そうですの」

青藍が教えてくれた伝承だと、魔王の配下はあと二体……シーサーペントとペガサスがいるはずです。フェンリスヴォルフとフェニックスが現れた今、シーサーペントとペガサスもどこかで出現している気がしてなりません。

「そんな……リージア様……」

顔を蒼褪めさせた青藍は、小さな声でリー兄の名前を呼んでいました。青藍はリー兄のことを慕っていますから、リー兄のことが心配なのでしょう。

「青藍、王都に戻っても良いのです。今なら〈影移動〉《シャドウムーブ》で送れるのです」

「……いいえ、私はユナ様の護衛です。ユナ様に付いて行きます」

青藍は王都の方向を不安そうに見つめながらも、私に付いて行くと言ってくれました。

「良いのです？」

「はい、私はリージア様を信じます。たとえ魔物が王都を襲っていたとしても、きっとリージア様なら大丈夫です。あの方がお忙しい中、たくさんの魔道具を開発している姿を、私はずっと見ていましたから」

青藍はそっと自身の手首を触りました。そこには、前にリー兄が青藍に贈った銀色のバングルが付いています。ただの装飾品にしか見えないバングルは、その実、リー兄が持つ知識を全て詰め込んだ最高級の魔道具だったりします。

青藍が怪我をしないようにと、リー兄は趣味だった魔道具作りの才能を、気付けばぐんぐん伸ばしていきました。そんなリー兄の魔道具の数々があれば、確かに魔王の配下が来ても通用しそうです。

「オイラも信じてル！　氷の精霊は消えなイ！」

「そうです。信じましょう！」

自分たちに言い聞かせるように「信じる」と言う二人に同意しましたが……何となく嫌な予感が拭いきれません……

第五章　混乱のユーフォルビアと魔物の想い

ユナが不安を感じていた頃……

その不安は最悪の形で的中していた。

◆　◇　◆

光華国へ続く海に面する街、シーラス。

そこでは、王都にある王城よりも大きな体の海蛇……シーサーペントが海を荒らしていた。

「海に近付くな！　波にのまれたら持っていかれるぞ！」

「近付くなって言ったって、海が押し寄せてくるんだ。どこに逃げればいいんだよ！」

鱗の一枚すら人間よりも大きい海蛇が動く度、シーラスの町には大波が押し寄せてくる。唯の身じろぎですら脅威となるシーサーペントの存在に、シーラスの町の住民は恐れおののき心が折れかけていた。

「もう駄目だ……シーサーペントなんて、御伽噺《おとぎばなし》じゃなかったのかよ！」

シーサーペントに立ち向かうべく集められた冒険者や騎士団の面々ですら、恐ろしい存在を前に戦意を保つことが出来なかった。一人の冒険者が恐怖に負けて逃げ出したが、辛うじて残った人々も、逃げた冒険者のことは責めなかった。

今は逃げ出していない彼等も、町を守らなければいけないという使命感で残ってはいるが、どう頑張ってもシーサーペントが倒れる未来が見えないのだから……

逃げたい。死にたくない。今すぐこの町を捨ててしまいたい。そんなシーラスの人々の気持ちを変えようと、一人の少女が立ち上がる。

「諦めないで！　みんなで一緒に頑張ろう！」

そう言ったのは、かつてユナに救われた少女……アイリスだった。

ユナに助けてもらったアイリスは、いつかユナのように誰かを助けたいと思っていた。ユナが困った時、助けに行きたいと思っていた。

けれどその想いとは裏腹に、アイリスは魔法が得意ではなかった。剣を握っても才能はなく、アイリスは踊ることしかできなかった。無力なアイリスだったが、再び出会ったユナは「何かあったら頼らせてもらう」と言ってくれた。それがアイリスには、どれほど嬉しかったか。

ユナの言葉で、アイリスはもっと頑張りたいと思った。もっともっと頑張って、もしもいつかユナに頼ってもらえた時、絶対に役に立ってみせると、アイリスは努力し続けた。

「水魔法〈人魚の舞《マーメイドダンス》〉」

その努力が〈人魚の舞《マーメイドダンス》〉という、新たな魔法の習得に繋がった。

アイリスが踊る度、小さな水滴がキラキラと輝きながら周囲に散っていく。特定の足取りで、美しい舞いをすることで、周囲の精霊の魔力を貰って水魔法に込め、近くの味方の魔力を一時的に増幅させる。

魔力も多くないアイリスがどうにか人の役に立ちたいと考えた末に生まれた、得意のダンスと魔法を融合させた、アイリスだけのオリジナル魔法。それが〈人魚の舞《マーメイドダンス》〉だった。

「すごい、魔力が漲《みなぎ》ってくる……」

「これならいけるかもしれない！」

〈人魚の舞《マーメイドダンス》〉の強化を受け取った人々の目に光が戻る。希望を取り戻したシーラスの人々が、一斉にシーサーペントへ魔法を放った。風魔法、火魔法、水魔法、土魔法。様々な魔法がシーサーペントの体を直撃し……その巨体がぐらりと揺らぐ。

「やったか⁉」

誰かの声に、みんなの顔が輝く。……でも、希望が見えたのは一瞬だった。

「グォオオオオ‼」

倒れかけていたシーサーペントは、海に沈むこともなく、ゆっくりと体を起こしていく。魔法が直撃した場所は……シーサーペントの大きな体に、ほんの少し傷をつけただけだった。

「人間は皆殺しだ！」

唸《うな》りを上げて、シーサーペントは魔力を練り上げる。シーサーペントの頭上に海水が巻き上げられ、シーラスの町を飲み込んでしまいそうな水弾が作られていく。

「あんな攻撃、避けようがないじゃない……」

勝ち目なんて最初からなかったんだ。そう思った瞬間、体の力が抜けて、アイリスは地面に座り込んでしまった。

◆　◇　◆

シーラスの町がシーサーペントに襲われていた頃。

王都の騎士団にもシーラスの被害報告は届いていたが、援軍を出せずにいた。何故なら……

「グルルル……」

人間への嫌悪をむき出しにしたフェンリスヴォルフが、王都の中で暴れていたから。

「倒そうと考えるな！　殺されない、殺させない事を第一に動け！」

「団長！」

「風魔法〈風の拘束《ウインドバインド》〉！　オリヴィア、任せるぞ！」

逃げ遅れた市民を噛み殺そうとするフェンリスヴォルフの動きに気が付いたオリヴィアが、混乱する騎士団員に指示を出していたチェスターに知らせる。チェスターは、事態を察して魔法を放ち、フェンリスヴォルフの動きを阻害した。

だが、〈風の拘束《ウインドバインド》〉だけでは、フェンリスヴォルフの動きを鈍らせることしかできない。もがきながら動こうとするフェンリスヴォルフを前に、チェスターはオリヴィアの名前を呼んだ。

「はい！　木魔法〈樹木の檻《ツリーゲージ》〉！」

発動に時間はかかるが威力は高いオリヴィアの魔法……〈樹木の檻《ツリーゲージ》〉が、〈風の拘束《ウインドバインド》〉の上からフェンリスヴォルフの体を締めあげる。

阿吽《あうん》の呼吸としか言いようがない二人の連携は見事なもので、フェンリスヴォルフは閉じ込められた〈樹木の檻《ツリーゲージ》〉から逃れることは出来なかった。

「なんとか捕まえられたか。急に王都に現れやがって……何を狙ってんだ……？」

このままチェスターとオリヴィアの二人が拘束を続ければ、フェンリスヴォルフを殺すことは出来なくとも、無力化することは出来る。有利な状況にありながら、チェスターは険しい顔をしていた。

「なんか嫌な予感がするんだよな。ったく、なに企んでやがる」

嫌な予感はチェスターの豊富な戦闘経験による勘でしかなかったが、その勘は残念ながら当たってしまう。

ニィ、とフェンリスヴォルフが笑った気がした。

次の瞬間、フェンリスヴォルフは〈樹木の檻《ツリーゲージ》〉を風魔法で切り裂いた。自分自身の体を巻き込んで、血だらけになりながら拘束から逃れたフェンリスヴォルフは、大きな声で遠吠えをする。

「オォォオオオオオオオオン!!」

「なんだ」とチェスターが眉間に皺を寄せたのは一瞬だった。ついで、気付く。フェンリスヴォルフの遠吠えを皮切りに、強大な魔力ではないが、無数の魔物が王都へ向かって来ることに……

「おい、嘘だろ……」

チェスターは呆然とした。なぜ魔物がフェンリスヴォルフの言う事を聞くのか、どうやってこれだけの数の魔物を集めたのか、チェスターには全く分からない。……だが、フェンリスヴォルフの嫌な表情から、大量の魔物は王都を襲うために集められたのだと察してしまった。

「ここまでは思惑通りってことか、クソが。おい！　誰か今すぐ外門を閉じて来い！」

「ですが、それだとフェンリスヴォルフからの逃げ場が……」

「テメェは押し寄せてくる魔物の気配が分からないのか⁉　このままだと王都に魔物がなだれ込むぞ!!」

珍しく怒鳴ったチェスターの姿に、騎士の男は呆然として、それからすぐに駆け出した。チェスターはその後ろ姿を眺めながら、王都付近に集まる魔物の気配を探知する。魔物の数は五百……いや、もっと集まりつつある。外門を閉めたとして、そこで持ち堪えられるか分からない。

刻一刻と魔物の気配が押し寄せる中、絶望を加速させるのは、血だらけになったはずのフェンリスヴォルフがすでに全快していることだ。体中を切っても数秒で回復する相手を、一体どうやって倒せばいいのやら。

悪くなり続ける戦況の中、チェスターは隣に立つオリヴィアに視線を向けた。オリヴィアもまた、チェスターを見上げている。僅か一秒。二人は見つめ合ってから、チェスターからフイと視線を逸らした。

オリヴィアの黄緑色の瞳は、いつだってチェスターのことを真っ直ぐに見つめてくる。チェスターを心の底から信じているとでも言うかのように。きっとチェスターが「このまま死ぬまで一緒に戦え」と命令すれば、オリヴィアは躊躇うことなく「はい」と言うだろう。それが騎士団長としては頼もしく……チェスターとしては不安だった。

「オリヴィア、お前は王城で国王陛下の護衛をしろ」

チェスターの言葉に、オリヴィアは黄緑色の目を見開く。王の護衛は大事な役割だ。国王夫妻とフェリス王子が死んでしまえば、この国から王が居なくなってしまうのだから。

だけど、他の騎士が前線に出る中。更に言うのであれば、近衛騎士という存在もある中、オリヴィアだけが戦いの場を離れて、王城に向かうということは、国王の護衛以外の思惑があるようにしか思えなかった。例えば……オリヴィアを危険から遠ざけたい、チェスター自身の願いのようなものが……

「見くびらないで下さい。私はユーフォルビア王国騎士団の副団長です！　そう簡単に死にませんし、チェスター団長の足を引っ張るつもりもありません！」

キッと睨みつけるオリヴィアの視線を受け、チェスターは「あぁ～…」と気の抜けた声を出す。

チェスターとしては、合理的に考えて指示を出したつもりだった。団長であるチェスターが前に出て、副団長のオリヴィアが守りを固める。万が一チェスターが命を落としたとしても、オリヴィアがいれば騎士団は機能する。それが一番理に適った判断で、その判断の中にチェスターの個人的な感情は含まれていない。戦いの最中ではそんなものは捨てている。……筈だった。

しかし、チェスターより頭一つ半小さいオリヴィアから鋭い視線を向けられ、チェスターは「俺は無意識にオリヴィアを逃がそうとしたのかもしれない」と考える。

少し力を込めれば折れてしまいそうに細く小さい体のオリヴィアが、もしも目の前で倒れてしまったら……きっとチェスターは、冷静に指示を出し続けることが出来なくなってしまうから。それが何より、怖かったのだ。

だからチェスターは、無意識にオリヴィアを少しでも安全な場所に行かせようとしてしまった。オリヴィア本人がそれを良しとしなかったけれど。

「たとえ私が女だとしても、私はあなたの右腕です」

怒りをぶつけるように、オリヴィアは木魔法を放った。先ほどよりも太い樹木が、王都の整備された地面を突き破ってフェンリスヴォルフの体に巻き付く。

「グル、ヴヴヴヴ……」

不快そうに身を捩《よじ》るフェンリスヴォルフだが、オリヴィアの拘束からは抜け出せない。

「これでも私は、王城へ行った方が宜《よろ》しいでしょうか？」

フェンリスヴォルフを一人で拘束できる騎士など、チェスターやオリヴィアを除けばそうそういない。そんな事をやってのけ、自らの力を誇示しながら、オリヴィアは不安そうに眉を下げながらチェスターに尋ねた。

自分は戦えるから、絶対に足手まといにならないから、どうか団長の隣に立つことを認めて欲しいと、オリヴィアはそれだけを願っていた。

「たとえ命の危険があったとしても、私はあなたの側で、あなたに認められた右腕として、一緒に戦いたいです」

そんなオリヴィアを前に、チェスターは長く息を吐き出す。「悪い。少し日和った」というチェスターの呟きに、オリヴィアは「はい」と小さく返事をした。

「お前は俺と一緒に、このままフェンリスヴォルフの制圧だ。終わり次第魔物の討伐に向かうぞ」

「はい」

オリヴィアはホッとした表情で笑みを浮かべる。そんなオリヴィアの頭をポンと叩き、チェスターは剣を抜いて駆けていった。

未だオリヴィアの木魔法による拘束から抜け出せないフェンリスヴォルフに、風魔法を体に纏わせて駆け寄り、火魔法で熱した剣で切り裂いた。

「グアァァアアアア!!」

フェンリスヴォルフが痛みと怒りで声を上げ、チェスターを睨みつける。だが、睨みつけることしかできなかった。オリヴィアが〈樹木の檻《ツリーゲージ》〉で、フェンリスヴォルフの体を締め続けているから。

火傷を負ったフェンリスの傷の治りは遅く、ミチミチと体を締め付け続ける樹木から逃れることは難しい。チェスターとオリヴィアが揃っているからこそ出来る連携は隙が無さすぎる。仕方なく、フェンリスヴォルフは先ほどと同じように、自傷覚悟の風魔法で〈樹木の檻《ツリーゲージ》〉を切り刻んで逃げようとした。

「させません！」

フェンリスヴォルフの動きに気付いたオリヴィアが、咄嗟にフェンリスヴォルフの口の中に、魔法で樹木を詰め込む。詠唱を中断されたフェンリスヴォルフは、オリヴィアを睨みつけることしか出来なかった。

……しかし、それは騎士団も同じだった。

フェンリスヴォルフを捕らえ続けるため、オリヴィアがこの場を離れることは出来そうにない。オリヴィアの魔力切れや、万が一フェンリスヴォルフが拘束から抜け出した時の事を考えると、人員を割き続けなくてはならない。

だが、魔物の大群が迫る中、そんな余裕はどこにもない。判断を迫られたチェスターは「どうすっかなぁ」と頭を掻いた。

◆　◇　◆

王都で、フェンリスヴォルフの捕縛が完了した頃。

キュラス王国へ続く道では、雷を身に纏う黒い毛皮の天馬、ペガサスと対峙する冒険者達の姿があった。

「皆さん、警戒を。いつでも動けるようにして下さい」

指示を出しているのはルーファスだった。「なんでこんな時に」と呟くルーファスの背後には、キュラス王国の紋章が入った豪華な馬車がある。

ルーファスと数名の冒険者たちは、キュラス王国へ帰るレオンの護衛を行っている所だった。騎士の姿もあるものの、ユーフォルビアの王都がフェンリスヴォルフの危機に騒《ざわ》めいた事もあり、その数は少ない。

せめてもの救いは、ユーフォルビア随一の魔法使いであるルーファスがこの場にいること……というよりも、ルーファスが居るからこそ、騎士は少数で問題ないと判断されたのだが……

——この魔物を相手に、私は何分時間を稼げるでしょうか？

ルーファスは魔法に類まれなる才能を持つが故、目の前に立つペガサスと自分との間にある、越えられるはずのない差というものを感じていた。

幼い頃、ルーファスは本や語り手から、勇者と魔王の話を何度も聞いていた。

『魔王ハルジオンは悪い存在であり、それに従う魔物も邪悪な存在である。彼らは光魔法を極めし勇者に倒されて、世界は平和を取り戻した』と。ルーファスはそう聞かされていた。……だが、実際に目の前に立つペガサスという存在が邪悪だと言うのなら、何故こうも美しいのか。

魔物というには、ペガサスの黒い瞳には知性が宿りすぎていた。普通の馬の二、三倍はあるかと思われる巨体は、それ自体が芸術品のよう。その背中から広げられた翼や毛皮は、夜の闇を集めたかのように艶のある黒色。その身を包む雷の魔力までもが美しく、いっそ神々しさまで感じてしまう魔物を前に、ルーファスは戦う前から敵う気がしなかった。

「勇者はどこだ。忌々《いまいま》しい〈結界〉を使い、我らを追い詰めた憎き勇者はどこにいる。答えろ、人間」

ルーファス達を前に、バサリと羽ばたいたペガサスが、太陽を背に問いかける。不思議な声だった。脳に直接響くような声は、ランタナの念話《テレパシー》魔法に近い。低くもあり、女性らしい柔らかさもあった。

〈結界〉という言葉に、ルーファスの脳裏にはつい先日まで滞在していた光華国が浮かび上がる。

光華国の王族にしか使えない〈結界〉という魔法。ルーファスでさえ見たことのないあの魔法が、かつての勇者を先祖に持ち、代々受け継がれてきたものだとしたら……

そこまで考えたルーファスだったが、すぐに考えることをやめた。光華国の王族が勇者の末裔《まつえい》だとしても、もうあの国に、勇者は生きていないのだから。

「ほう、何か知っているようだな」

バチバチと帯電するペガサスは、ルーファスが思考を巡らせた一瞬を、勇者を匿《かくま》っているが故の逡巡と判断したようだった。

「ならば、力ずくで聞き出すまで」

ペガサスの額から伸びた黒い角が一時光り、次の瞬間にはルーファスの頭上に、大きな落雷が降り注ぐ。

「くッ、火魔法〈火の盾《ファイアシールド》〉！」

ルーファスの近くには他の冒険者の姿もあり、避けることは出来なかった。咄嗟に火魔法を放ったルーファスのすぐ近くで、雷と炎が混ざり合い、バチバチと大きな音を立てて爆《は》ぜる。

短い時間の中、できる限りの魔力を魔法に込めたルーファスだったが、防御力が僅かに足りなかった。爆風はルーファスに降り注ぎ、外気に触れていた肌がヒリヒリと痛んだ。

「隠し立てするのであれば殺す」

決して口だけの脅しではないペガサスの言葉を前に、ルーファスは周囲を見回した。爆風を受けて咳き込む冒険者の姿や、背後には無事に帰国させなければならないレオンの乗る馬車もある。

これ以上、ペガサスの怒りを買うのはまずい。そう判断したルーファスは、ゆっくりと口を開く。

「……勇者は…………」

◆　◇　◆

シーラスの町で暴れるシーサーペント。王都を混乱に陥れるフェンリスヴォルフ。勇者を探す怒れるペガサス。そして、氷の精霊と対峙しているフェニックス。

滅んだと思われていた四体の魔物は、百年以上の時を超えて現代に蘇《よみがえ》った。

ユーフォルビア王国を混乱の渦に落とす彼等の目的は、愛する魔王ハルジオンを傷つけた人間を滅ぼすこと。

「「「「我が主を迫害し、傷つけ、魔王に変えた。お前ら人間共を、我らは決して許さない」」」」

四体の魔物は蘇った瞬間から決めていたのだ。もう二度と愛する主人が傷つくことのないように。悪しき存在として討ち取られることのないように。徹底的にユーフォルビア王国を破壊することを……

「やっと、この時が来た……」

彼等の主……魔王ハルジオンは、魔国の中心にいた。

魔国の一番中心にある魔王城、その地下へと続く階段を、魔王ハルジオンはゆっくりと降りていく。

「ねぇねぇ、ハル君。私達、どこまで行くの？」

その側には、楽しそうに歩くサクラの姿があった。

「ハル君」と呼ばれた男……魔王ハルジオンは、サクラの問いかけで一瞬無表情になり、それから張り付けたような笑みを浮かべた。

「もう少しです。もう少しだけ、僕に付いいて来て下さい」

「うん！　わかった！」

頷いたサクラを連れて、ハルジオンは再び階段を下る。その先に待つ、百年越しの悲願を叶えるために。

第六章　魔王と呼ばれた男の悲願

なんだか頭がぼうっとする。階段を下りる足が重い。まるで夢の中にいるみたい。

……あれ？　私、なんでこんな場所にいるんだっけ？

暗い階段を下っていた私……サクラは、不意に疑問が浮かび辺りを見渡した。石造りの階段が、下へ下へと続いている。暗くて寒くて、少し不気味さを感じる場所に、なぜか私は立っていた。

「なんでだっけ？」と考えてから、すぐに思い出す。そうだ。学園でハル君に「一緒に来て」と言われて、ここに案内されたんだった。

暗くて見えづらかったけど、階段の少し先にはハル君もいる。私が止まったことに気付いていないハル君は、階段を下り続けていた。少しずつ私とハル君の距離が遠くなっていく。

この場所に来る前も色々な場所に立ち寄ったんだよね。ハル君ってすごいの。魔法を使って、火山や海底、雷雲の中まで行っちゃうんだよ。どの場所も全部綺麗だったけど、行く先々でハル君に「花魔法を見せて下さい」って頼まれるから、ちょっと疲れちゃった。

「ねぇねぇ、ハル君。私達、どこまで行くの？　この先に何があるの？」

「……洗脳魔法の効き目が切れたか」

暗い階段に一人残されるのが怖くて、遠くなっていくハル君の背中に尋ねてみた。ハル君は何か言ったみたいだったけど、声が小さくて聞こえなかった。

「ハル君？」

私の呼びかけに、ハル君が振り返る。その瞳がすごく冷たくて、背筋がぞくっとした。

「もう少しです。もう少しだけ、僕に付いて来て下さい」

暗く淀んだハル君の瞳。その黒い瞳を見ている内に、頭がぼうっとしてきて、何も考えられなくなってくる。

「うん。わかった」

頷いた私を見て、ハル君はまた階段を下り始める。

「サクラ様、あなたに出会えて本当に良かった」

「私もハル君に会えて良かったよ」

「僕はずっと待っていたんです。あの子を治せる可能性のある魔法……花魔法の使い手が現れるのを、ずっと……」

あの子って、誰のことだろう？　そんな疑問が浮かぶのに、次の瞬間には頭の中から消えていく。まるで頭の中に深い霧がかかっているみたいだった。

「少し、昔話をしましょうか。愚かな魔物使いの話です」

「魔物使い？」

「ええ。魔物と絆《きずな》を結んで仲間になってもらう、そういった才能のある者のことを、かつては魔物使いと呼んでいたんです」

「そうなんだ」

「魔物使いは、馬鹿で愚直《ぐちょく》な男でした。性善説を心の底から信じてしまうような、どうしようもない間抜けでした。魔物を側に置くことで、人々からは魔王と呼ばれて嫌われていたというのに、そんな人々と共に生きていけると本気で考えてしまうような、愚かな人間でした」

ハル君の口調には嫌悪感が滲んでいた。話の中に出てくる魔物使いが、心の底から嫌いだと伝わってくるみたい。そんなに嫌なら話さなければ良いのにって思ったけど、私の口は動かなかった。

「そんな愚かな魔物使いでも、仲間の魔物には恵まれていたんです。最初は、群れから逸《はぐ》れて一匹だった狼の魔物。陸に打ち上げられて弱っていた海蛇の魔物。足を怪我して動けなくなっていた馬の魔物。羽が綺麗だからと人間に捕まっていた鳥の魔物。それから……回復魔法しか覚えられなくて、途方に暮れていた兎の魔物。少し手助けをしただけの男に、魔物は心を開いて仲間になってくれました。嬉しかった。みんなが強くなって、一匹で生きていけるようになった後も、側にいてくれることが本当に嬉しかった」

ハル君は「昔話」と言ったけれど、魔物の話をしている時のハル君は嬉しそうで、まるで幸せだった時を思い出しながら話しているみたいだった。

「だけど、幸せは長く続きませんでした。いつも魔物と共にいる魔物使いは、人々から魔王と呼ばれて、怖がられていたんです。そのほとんどは中傷でしたが、中には本気で魔物使いを殺そうと考える人もいた。そんな人間にシロンは……兎の魔物は殺されてしまった」

楽しそうに話していたのに、急にハル君の声のトーンが変わった。暗い口調になったハル君のことが心配で、早足で階段を下りてハル君の側に行きたかったのに、私の体は言うことを聞いてくれない。ゆっくりゆっくり、ハル君の後を追いかけて歩くことしかできなかった。

「シロンは本当に良い子だったんです。回復魔法が得意で、怪我をしている人のことを放っておけなくて、悪さだってしたこともない、純真無垢な優しい子でした。そんなシロンを人間は魔王の配下だからと、それだけの理由で殺した。その時、僕は思ったんです。人々が僕を魔王と呼ぶのなら、本当に魔王になってやろうって。でも……人間の町を破壊して報復して、魔王と呼ばれるようになって、魔物の仲間が増えても僕の心は晴れなかった」

昔話って言っていたはずなのに、ハル君は「僕」と言っていた。「どうして?」って聞きたかったのに、振り返ったハル君の顔を見たら何も言えなくなっちゃった。ハル君がすごく悲しそうな表情をしていたから……

悲しそうだったのに、私を見たハル君は嬉しそうに微笑んだ。

「だけど、やっと報われる。シロンと同じ、花魔法を使う君に出会えたから」

だんだん、階段の終わりが近付いてくる。突き当たりには扉があった。木製の古い扉は凍り付いていて、近付くにつれて冷気が強くなってきた。

異様な空間なのに、ハル君は平然と進んで行った。ハル君が行くなら私も行かないといけない。そう思って凍り付く扉に歩いて行く。

「花魔法は、この世界で一番優れた回復魔法なんです。シロンの使う花魔法は、不治の病や大怪我や……一度勇者に殺された、僕のことだって回復してくれた。あなたの花魔法も、死ぬ寸前まで弱っていた僕の仲間たちを全盛期の体にまで回復できた。これならきっと……シロンのことだって治せるはずです」

死ぬ寸前まで弱っていたハル君の仲間を、全盛期の体にまで回復ってなんのことだろう？　私がやったことなんて、ハル君に頼まれて花魔法を使って見せたくらいなのに……

不思議に思う私の前で、ハル君が凍り付いた扉に触れる。触れた瞬間、パキンと氷が砕けた。ゆっくりと扉が開いていく。青い光が部屋の中から漏れて……その中にあったのは、巨大な氷に包まれた兎の獣人の姿だった。

「シロン、ずいぶん待たせてしまったね。やっと君に、もう一度会えるよ」

白髪に、淡い桃色の兎の耳を持つ、小さくて可愛い獣人の女の子。その子が目を閉じて氷に包まれている姿は、氷の中で眠っているようにも見えた。

けど、女の子……シロンの額には、パックリと割れた傷が付いている。真っ赤な傷跡は、ついさっき怪我をしたかのように生々しかった。

「さぁ、サクラ様。あなたの花魔法で、シロンを回復してください」

「うん、わかった」

ぼうっとする頭のまま、私はハル君に頷いた。さっきから何度も魔法を使っているせいで、魔力が足りなくて頭がズキズキ痛みだす。でも、ハル君の頼みだから我慢しないと……

「花魔法〈花の舞い《フラワーダンス》〉、花魔法〈花の癒し《フラワーヒール》〉」

私の魔法で生み出された花弁が、シロンの体を包み込む。ヒラヒラと揺れる花弁が輝いて、ハル君が「やっと……」と呟いた。花弁が落ちて、キラキラと輝く魔法の名残が消えて……

……シロンは、生き返らなかった。

「なんで！　どうして回復しない！　なんでシロンは目を覚まさない！」

動かないシロンを前に、ハル君は私の肩を掴んで怒鳴った。ガクリと頭が揺れて、ぼんやりとしていた思考が少しずつ戻ってくる。

「……え？」

「フェンリルもシーサーペントも、フェニックスもペガサスも、みんな瀕死の状態だったのに君の魔法で回復したじゃないか！　なのになんで、なんでシロンだけ目を覚まさない！」

血走った目で睨みつけるハル君が、私の肩を強い力で握って指を食い込ませてくる。痛くて身じろぎをしたら、「逃げるな！」と余計に怒られた。びっくりして竦んだ私に、ハル君が「もう一回」と迫った。

「もう一回、きっともう一回やれば、シロンも生き返るはずだ。そうだ、きっと魔法の威力が足りなかったんだ」

「でも、もう魔力が……」

「やれよ！」

「わ、わかった。花魔法〈花の癒し《フラワーヒール》〉」

ついさっきまで優しかったハル君が豹変《ひょうへん》したのが怖くて、私はハル君に言われるがまま魔法を使った。

魔力が足りなくて、頭が割れるみたいに痛い。クラクラと揺れる視界の中、シロンが動かないのが見えて絶望した。

「無理だよ……私の魔法は、死んでいる人には効かないよ……」

「シロンは、死んだ俺を生き返らせた。勇者の攻撃を受けて瀕死の状態だった俺のことを、花魔法が癒やして生き返らせたんだ。あれはシロンの魔法だった！　シロンが俺を生かしたんだ。シロンに出来たことが、なんで君にできない！　頼むよ。頼むから、シロンを僕に返してくれよ」

縋ってくるハル君は怒っているのに、泣き出しそうな顔に見えた。ハル君のことが怖いのに、それと同じくらい可哀そうだった。ハル君の取り乱す姿から、ハル君がシロンのことをどれ程大切に想っていたか……違う、今もずっと大切に想っているか、嫌でも伝わってきたから。

「ハル君の力になりたいよ。でも、私の花魔法は死んでいる人には使えないの。あの子を生き返らせるのは、私には無理だよ」

「シロンが生き返らない……それじゃあ僕は何のために、百年も待っていたんだ……」

呆然と呟いて、ハル君は私の肩からゆっくりと手を下ろした。俯くハル君に声をかけようとして……

「シロンに会えないのなら、もうこの世界に未練はない」

……あまりにも暗いハル君の声に、言葉が出なかった。顔を上げたハル君の表情には、怒りも悲しみもなかった。ぽっかりと表情が抜け落ちて、落ち着いて見える姿が逆に怖かった。

「希望を抱いた僕が馬鹿だった。最初から、全部壊してしまえば良かったんだ」

「ハルく……うぁっ！」

ハル君が淡々と呟いた。次の瞬間には、私はハル君の水魔法で作られた水球の中に閉じ込められていた。息ができない。吐いた息が水の中でボコリと泡になって、口の中まで水が入って来る。冷たくて苦しくて、体から力が抜けていく。

——どうして、こうなっちゃったんだろう。

『君紡《きみつむ》』のゲームをプレイしている時だったら、何回でもやり直しができた。選択肢を間違えたら、リセットボタンを押せばいいだけ。正しい答えに辿り着くまでやり直して、自分の望むハッピーエンドをいくらでも選べた。

——私は幸せで溢れている『君紡《きみつむ》』の世界が大好きで、みんなに愛されるヒロインが大好きだったのに……どうして誰も私のことを愛してくれないの……？

酸素が足りなくて視界が暗くなってくる中、私の脳裏を過《よぎ》ったのはフリージアに駆け寄るフェリス王子の姿だった。私もあんな風に、誰かに愛されたかったなぁ。

でも、もう遅いよね。私は誰のことも攻略できなかった。攻略できたと思っていたハル君も、私のことは愛していなかった。こんな私のことなんて、誰も助けに来てくれるはずないもんね……

諦めて、私は目を瞑った。


「闇魔法〈影移動《シャドウムーブ》〉！　サクラさん、助けに来たのです！」


その時、誰かの声が聞こえた気がした。

「闇魔法〈影縛り《シャドウバインド》〉！　私が魔王を抑え込みます、今のうちに救出してください」

それも一人じゃない……？　ぼやける視界の中、猫獣人の女性がハル君の体を魔法で拘束しているのが見えた。魔力で作られた黒い手が、ハル君の体に巻き付いていた。

「頼んだ！」

次いで力強い手に掴まれて、私の体が水球の外へ助け出される。

「う、げほっ」

「大丈夫か？　水を飲んでるな、少し叩くぞ」

咳き込む私から水を吐き出させようとして、大きな手が私の背中を叩いた。うまく吐けない私に、手の主は「落ち着け、ゆっくりで良い」と声をかけてくれる。その動作は荒々しくて、学園にいた時のハル君の優しい仕草とはかけ離れていたけど……でも、私を心配しているのが伝わってくる。

なんとか水を吐き出して、必死に息を吸い込んで、私は自分を助けてくれた人の顔を見る。私のことを助けてくれたのは、強面で赤茶色の男……『君紡《きみつむ》』の攻略対象その5、魔力のない騎士……ノルディアだった。

「よし、息ができるようになったな」

こんな時でも笑みの一つも浮かべない、不愛想なノルディアのことが私は嫌いだった。嫌いなはずだったのに……今のノルディアには、不愛想な態度ながら私を気遣う優しさがあるような気がした。

「叩いて悪かったな、痛かっただろ」

「怪我はしてないか？」と言いながらノルディアが私の顔を覗き込んだ拍子に、片耳だけに付いている赤いピアスがしゃらりと揺れる。

「大丈夫……です……」

気がついたら私は、ノルディアに対して敬語で返事をしていた。前までは貴族でもない騎士のノルディアに、敬語なんて使わなくて良いと思っていたのに……

「そうか、良かった」

「ぜんっぜん良くないのです!!」

安心したようにノルディアが言った瞬間、私とノルディアの間に何かが飛び込んできた。

「サクラさん、ノルディア様に見惚れたらダメですの！」

私とノルディアの間に飛び込んできた物の正体は悪役令嬢のユナだった。むぅと頬を膨らませたユナは私に向かって叫んだ後、ノルディアに「ノルディア様も、あんまり他の女性に恰好良い所を見せないで欲しいのです！」と詰め寄っている。

「俺が好きなのはユナだけだって言ってんだろ。俺の言うことが信じられねェか？」

「ノルディア様のことは信じているのです！　でもノルディア様があまりにもカッコいいので、皆ノルディア様を好きになってしまうのです！」

「それでも俺は他の誰も好きになんねェよ。安心しとけ」

「うう……誤魔化されたくないのに、ノルディア様がカッコよすぎて頷いてしまいそうですの……」

言い合いをする二人の姿は、『君紡《きみつむ》』のキャラクターとはかけ離れていた。

冷たい眼差しで意地悪ばかりする悪役だったはずのユナは、真っ赤な顔でノルディアに必死に抗議している。

剣の腕は確かだけれど、不愛想でほとんど笑ったりしないはずのノルディアは、そんなユナに対して面白くて仕方ないという風に満面の笑みを浮かべている。

「どうして……」

「お恥ずかしながらユナ様は、婚約者の前では人が変わったようになってしまう癖がございまして……もうしばらくしたら落ち着くかと思います。危害は加えてきませんので、ご安心下さい」

思わず呟いた私に教えてくれたのは、いつの間にか側にいた猫獣人の女性だった。

ユナがノルディアの婚約者なの？　『君紡《きみつむ》』の中ではフェリス王子の婚約者だったユナが……？

信じられない気持ちはあったけど、私の前で話し続けるユナとノルディアは、「二人が婚約者なんて嘘だ」と思えないほど親密だった。

仲の良い二人を見て、やっと私はこの世界が乙女ゲームの『君紡《きみつむ》』と、全く同じ世界じゃないんだってことに気が付いた。

第七章　最終決戦だそうですが、攻略対象その５は渡しません

「ごめんなさい。わた、私、ゲームだって思ってて、酷いことたくさんしてっ」

えっと……？

魔国からの転校生、ハルと一緒に消えてしまったヒロインさんを捜しに来て、なぜかハルに殺されそうになっていたヒロインさんを助けたまでは良かったのですが……なぜか今、そのヒロインさんに号泣されています。

「何に対しての謝罪ですの？」

うーんと考えたのですが、ハッと気が付きます。

ま、まさか……

「まさか、ノルディア様のことを好きになってしまったのですか⁉」

さっきのカッコよすぎるノルディア様の救出を体験してしまったせいで、ヒロインさんがノルディア様のことを好きになってしまったのでしょうか⁉　だから謝っているのでしょうか⁉

「ダメです！　ノルディア様は渡さないのです！」

「……ユナ様。多分ですが、違うと思いますよ」

叫んだ私に、青藍が冷静にツッコみます。

あんなにカッコいいノルディア様を間近で見て好きにならないとしたら、それはそれで心配ですが……違うのなら、ヒロインさんは何を謝っているのでしょう……？

「私の行動がおかしくて皆から色々言われてたのに、私はこの世界がゲームと一緒だと思って、自分は主人公だからって全然話も聞かなくて。それに、悪役とか酷いこともたくさん言った。本当にごめんなさい」

泣きながら謝るヒロインさん……いいえ、ヒロインの夢から覚めたサクラさんに、私は胸を撫でおろしました。

「ノルディア様を好きになっていないのなら、他は別にどうでも良いのです」

「え、でも……学園の皆からは、フェリス王子に言い寄ったりして迷惑だって言われたのに……ユナ、さんも同じように迷惑だって思ってたんじゃないの？」

「私のノルディア様を攻略しようとしていたのは嫌でしたが、ノルディア様のこと以外には興味がないのです。これからも好きにすれば良いと思うのです」

「私のノルディア様」と強調して牽制をすれば、サクラさんの涙の勢いが増してしまいました。

な、なんで泣くのでしょう？　やっぱりサクラさんも、ノルディア様を好きになってしまい諦められないとか……？

「ごめんなさい～！　私は酷いことばっかりしたのに、助けに来てくれて、優しくしてくれて……」

邪推《じゃすい》した私の前で、サクラさんはポロポロと涙を流しました。私はサクラさんを落ち着かせるために声をかけようと思ったのですが……

「それで、話は終わったか。人間？」

……先に、サクラさんを殺そうとしていたハルから話を聞かないといけませんね。

「わざわざ待っていてくれなくても良かったのです」

青藍の拘束……〈影縛り《シャドウバインド》〉から抜け出したハルが、カツンと足音を立てて一歩、足を進めてきました。

「僕は無礼で恥知らずな人間とは違う」

「……ハルさんは人間じゃないのです？」

「僕は人間じゃない。魔王ハルジオンだ」

ハル……魔王ハルジオンと名乗った青年から出る威圧感に、空気がピリピリとしています。彼の様子がおかしいのを察して、ノルディア様が戦えないサクラさんを庇って前へ出ました。

私達だけならどうにでもなると思いますが、サクラさんが人質に取られたら厳しそうですね。青藍も同じことを考えたのか、泣いているサクラさんの手を引いて、自身の後ろに隠しています。

「ハルジオン？　昔の魔王と同じ名前ですの。それで魔王ハルジオンさんは、何でサクラさんを殺そうとしたのです？　この前は恋人のように寄り添っていたのに、ひどいのです」

「元から目的のために近付いただけだ。役に立たない人間を殺すことに、理由なんて要らないだろう」

「無礼で恥知らずより最低ですの」

「ああ、最低だ。……だが、人間が僕たちにやったことだ」

ハルジオンの体からじわじわと魔力が漏れ出ています。かなりの量の魔力が流れる先は……地上……？

「魔物だからと蔑《さげす》み、魔物だからと善良なシロンも殺した。そんな人間達が蔓延《はびこ》る世界なんて、存在するに値しない。全部壊して、全員殺せば、シロンが死んだあの日から曇ったままの僕の心も、少しは晴れるかもしれない」

「魔物魔法」とハルジオンが言います。聞いたことの無い魔法です。ノルディア様も私も青藍も、全員が警戒を強めました。

「〈魔物の行進《マーチオブデーモン》〉」

ハルジオンによって呪文が唱えられた途端、地上にいた魔物の魔力が一気に膨れ上がって大きくなりました。

「僕の魔法は配下の魔物を強化する。地上は数時間もあれば壊滅するだろう。そして……」

ハルジオンがちらりと宙を見上げました。釣られて視線を向けると、そこには見たことも無いほど大きなスライムが天井に張り付いていました。

「この場所もすでに片付いた。飲み込め」

ハルジオンの言葉を合図に、スライムがドプンと落ちてきます。ハルジオンの立つ場所だけを除いて、部屋中をスライムの体が埋め尽くしました。

◆　◇　◆

「死ね、人間ども」

ハルジオンの言葉を皮切りに、各地で暴れる魔物の勢いが増す。

魔物《かれら》はただ、主《あるじ》であるハルジオンの命令のまま、ハルジオンの憂いを晴らして、ハルジオンの悲しみを癒すため、人間を根絶やしにすべく動き出す。

かつてハルジオンを止めた勇者は、もういない。

ハルジオンを止められる者は、どこにもいない。

……はずだった。

殺したと思ったはずの人間……ユナ達が、ハルジオンの前に立ちふさがらなければ……

◆　◇　◆

「闇魔法〈影移動《シャドウムーブ》〉」

巨大なスライムが落ちてきた時はびっくりしましたが、咄嗟にヨルが靄の体を広げて、全員を守ってくれたので無事でした。

なかなか退いてくれる気配がなかったスライムは、〈影移動《シャドウムーブ》〉の影で包んで、遠い海の上に飛ばしてしまいました。あの大きすぎるスライムが海に入って、周辺の生態系に影響がでないと良いのですが……今は気にしていられる余裕もないので、考えないことにします。

怪我の一つもなくスライムの下から出てきた私達に、ハルジオンは僅かに驚いた顔をしていました。そして、動きを止めたハルジオンに私は言います。

「確かにあなたの言う通り、この世界にも悪い人や嫌な人はいるかもしれません。良い人でも間違った行動をしてしまう時もあります。でも、だからと言って、人間全員が悪いだなんて、そんな考えは間違っているのです！　なによりも、ノルディア様のいるこの世界が、存在するに値しないわけが無いのです!!」

「……こんな時でモ、ノルディアのコト！」

言い切った私に、肩に乗っているヨルが呆れたような目を向けてきます。

「……君がどう思おうが勝手だけど、僕は止まらないよ。魔物達も人間を殺し尽くすまで止まらない。君がこうしている間にも、地上では僕の仲間の魔物が人間を殺している。どう足掻《あが》いても、人類はもう詰んでいるんだよ」

ハルジオンの言葉で地上の魔力を探ると、確かに大きな魔力反応がいくつもありました。氷の精霊さんを残して来てしまった場所、シーラスの町、王都、キュラス王国との国境付近。どれもこれもが強大な魔力です。

「ユーフォルビア王国が滅んだら、次は近隣の国から順に滅ぼそう」

四か所ある大きな魔力反応の、どれか一つを取っても国の危機なのは間違いないでしょう。でも……

「ユーフォルビア王国が滅んだら、次の国を滅ぼしに行くのです？」

「ああ、そうだ」

「なら安心ですの」

「……安心、だと？」

「ええ。だって、ユーフォルビア王国には頼もしい仲間がたくさんいるのです。ユーフォルビア王国が滅んでから次の国を攻撃するのなら、きっとどこの国も無事ですの」

自信を持って答えた私に、ハルジオンは眉間に皺を寄せて「ふざけたことを」と吐き捨てますが、別にふざけているつもりはありません。

だって、ほら……

「魔力反応、確認したほうが良いのです。ユーフォルビア王国の反撃ですの」

私が感じる魔力の流れでは、ユーフォルビア王国のほうが優勢ですから。

◆　◇　◆

「ちとまずいのぅ」

魔王ハルジオンの魔力を受け取って火力を上げたフェニックスを前に、氷の精霊は呟いた。その体は、フェニックスの熱によってどろりと形を失いつつある。

氷の精霊の体が熱で溶かされることなんて、生まれてから二度目のことだった。

一度目は、冷たい氷の精霊を容赦なく抱きしめた、優しい人間の体温だった。

男はフェニックスの炎で枯れた大地から人々を守るため、精霊に助けを求めていた。応じたのが氷の精霊だった。

男は氷の精霊を「恩人」と言い、人の温もりの心地よさを教えたくせに、共に生きたいと願った氷の精霊を置いて逝《い》ってしまった。最後まで他人の……氷の精霊の幸せを願いながら力尽きるような、優しすぎる男だった。

何年の時が経っても、男の存在は氷の精霊の記憶から消えてくれない。

「絶対に、此度は繰り返させないのじゃ。ここに住むのは、あの男が守った人の子の末裔。滅ぼすことは此方が許さぬ！」

男の記憶を思い出し、溶けかけていた氷の精霊の体に力が戻ってくる。

フェニックスの炎が天空から降り注ぎ、氷の精霊の冷気がその炎を凍らせる。大地から伸びた氷柱がフェニックスを貫き、熱気が氷柱を瞬時に蒸発させた。

そんな状況下でも、周囲の草木が変わらずに青々と茂っているのは紛れもなく、氷の精霊が守った光景だった。

「良い景色じゃ。負ける気がしないのぅ」

氷の精霊は、長年にわたって守り続けた村の人々から貰った魔力を使って、フェニックスの前に立ちふさがる。

冷たい氷の精霊の、熱い思いで放たれた魔法がフェニックスの体を凍らせた。

◆◇◆

大きな体の海蛇の魔物、シーサーペントに襲われていたシーラスの町。

魔王ハルジオンの魔力を受け取って、さらに体を大きくしたシーサーペントの前に、小さな人影が立ちふさがる。

「我が望みを顕在する力、〈結界〉」

今まさに町を破壊し、人々を殺そうとしていたシーサーペントの攻撃を、小さな人影は魔法一つで食い止めてしまう。

「過日はユーフォルビアの者に迷惑を掛けた故、此度は雛菊が加勢をしてやろうぞ」

黒髪を靡《なび》かせながら、空中に発動させた〈結界〉に立つのは、光華国の女王、雛菊だった。

その隣には、風魔法で浮きながらシーサーペントの動向を見張る雛菊の姉、竜胆の姿もある。

「かつて我らを追い詰めた、忌々しき〈結界〉！」

突如現れた雛菊に目を白黒させるシーラスの人々だったが、シーサーペントが雛菊の〈結界〉に向かって魔法を放ち始めると、町の人々はハッと正気を取り戻した。

「アンタら！　雛菊が食い止めてる内に魔力を用意しな！　〈結界〉が消えた瞬間が勝負だ。一気に魔法を叩き込むよ！」

竜胆の呼びかけもあり、町の人々の目に輝きが戻ってくる。

「嬢ちゃん！　すまない！　ありがとう！」と誰かが雛菊に向かって叫んだ。

シーサーペントの猛攻を〈結界〉一つで食い止めながら、雛菊は「光華の国の女王に向かって嬢ちゃんなど無礼な……」と呟く。だが、不思議と嫌な気持ちではなかった。

「さぁ、行くよ！　総攻撃だ！」

雛菊の〈結界〉が無くなった瞬間、シーサーペントに多種多様な魔法が叩き込まれる。

シーサーペントの体がぐらりと揺れ、その巨体が海に倒れこんだ。

◆
◇
◆

王都でも、チェスターとオリヴィアが捕らえていたフェンリスヴォルフの体が巨大化していた。

ミチミチと悲鳴をあげて、今にも破られそうな〈樹木の檻《ツリーゲージ》〉を前に、チェスターとオリヴィアに緊張が走る。

「クソ、他の魔物にも対処しなきゃならんっつう時に」

チェスターが悪態をついた、その時……

「うふふ。良かったら助力しますよ」

背後から近付いて来る影があった。

緊迫した場に相応しくない、柔らかい女性の声だった。どこかで聞いた覚えのある声に、チェスターは「まさか」と思いながら振り向いて……顔を引きつらせた。

「なんであなた達が、こんな場所に……」

チェスターとオリヴィアの背後に立っていたのは、ユナの家族……ホワイトリーフ家の面々だった。

風魔法を纏った剣を握るユナの父、アルセイユ・ホワイトリーフに、怪しい色をした液体の入った小瓶を持つ母、リディナ・ホワイトリーフ。宙に浮く魔道具を操る兄のリージア・ホワイトリーフと、メイド服や執事服を着た使用人までずらりと並んでいた。

一瞬、避難誘導が上手くいっていないのかと考えたチェスターだったが、続いて現れた別勢力がホワイトリーフ家の出現の理由を語ってくれた。

「民を守るために尽力する。貴族として当然のことだろう」

そう言うのは、フリージアの家族……グリーンベル公爵家の面々だった。

「ははは、まさかグリーンベル公爵も同じことを考えていらっしゃいましたか」

「ふはは、我がライバルのホワイトリーフ家に、負ける訳にはいきませんからな」

杖を持つ者が多い魔術派のホワイトリーフ家と、武器を持つ者が多い武闘派のグリーンベル家。笑い合う二人の公爵家を前に、チェスターは頭を抱えた。

阿呆か、権力者は守られておけと思わないでもないが……戦力が増えてありがたいのも事実だった。

「とりあえず狼さんは暴れたら怖いので、動きを止めておきましょうか」

優しい口調で告げたリディナが、フェンリスヴォルフに「えいっ」と薬品を投げつけて……ジュワワワワとフェンリスヴォルフの体が溶けていく。

「母様、危ないですよ」

咎めたリージアによってぽいっと投げられた魔道具……一見小さな球体だったそれは、フェンリスヴォルフの体に当たった途端、ガチャガチャと音を立てて鎖のような形に変わり、フェンリスヴォルフの体に巻き付いて雁字搦《がんじがら》めにした。

「うふふ、皆さん。風下《かざしも》に行かないで下さいね。魔物用に調合した毒なので……人間が吸ったら死んじゃいますよ」

「この魔道具は捕縛した者の魔力を吸って頑丈になります。いざという時、ユナを止めるために開発していたものなので、母様の毒と合わせればフェンリスヴォルフが抜け出す心配はほぼ無いかと思います」

優しい笑みを浮かべたまま毒を扱う公爵夫人《リディナ》と、冷静な口調で何やら恐ろしい魔道具を開発していたことを告げる公爵跡取り《リージア》にぞくりとするが、味方であれば頼もしいことには変わりない。

「ホワイトリーフ家に負けるな！　我がグリーンベル家の力を見せつけるのだ！」

二人の活躍に鼓舞されて、グリーンベル家も魔物を討ち取るべく、次々と飛び出して行く。

「ったく、頼もしいなぁ！」

「チェスター団長、私達も行きましょう」

「ああ」

自棄《やけ》になって叫んだチェスターの言葉通り、公爵家の人々は異様なほどに頼もしかった。

◆
◇
◆

「勇者はどこだ。忌々しい〈結界〉を使い、我らを追い詰めた憎き勇者はどこにいる」

怒れるペガサスによって、大地に雷が降り注ぐ。対峙していたルーファスは圧倒的な力の差を感じながら、ゆっくりと口を開いた。

「勇者はいません。とうに死にました。今の時代を生きるのは、あなた達とは関係もない人々です」

「……ほう」

ルーファスの言葉に、ペガサスは不服そうな様子だった。

「そうか、死んだか」

ペガサスの言葉と共に空が暗くなっていく。雷雲が立ち込め、曇天に雷の筋が何本も走った。

「……ならばもう良い。人間は皆殺しだ」

カッと煌《きら》めいた電撃に、ルーファスは水魔法で〈水の盾《ウォーターシールド》〉を作り出した。半円形で地面に接するように作った盾は、受け流すことを目的としていて、雷の威力が強くても耐えることは出来るだろうとルーファスは考えていた。

ルーファスの狙い通り、電撃は〈水の盾《ウォーターシールド》〉を通って地面に流れる。

「小賢しい真似を！」

しかし、ペガサスが魔法の威力を上げた途端、流しきれなかった電撃がルーファスや、ルーファスが守っていた冒険者達へ襲い掛かる。ルーファスが「しまった」と思っても、既に電撃は目の前に迫ってきていて……

「光魔法〈光の壁《ライトウォール》〉」

……しかし、その電撃がルーファス達を襲う前に、電撃とルーファスの間に大きな〈光の壁《ライトウォール》〉が作り上げられた。電撃は白い光を放つ〈光の壁《ライトウォール》〉に当たると、バチリと音を立てて消えた。

「光魔法〈光移動《ライトムーブ》〉、光魔法〈光の槍《ライトスピア》〉」

〈光の壁《ライトウォール》〉を放ったのは、ルーファスが守っていたはずのレオンだった。

馬車の扉を開け、騎士の制止を振り切って外へ出てきたレオンは、〈光移動《ライトムーブ》〉でペガサスの背後に移動すると、すぐさま〈光の槍《ライトスピア》〉を放った。

光の速度で行われた攻撃に、ルーファスに気を取られていたペガサスはギリギリまで反応できなかったが……〈光の槍《ライトスピア》〉が当たる直前、ペガサスは自身の体から、強烈な電撃をレオンに向かって放った。

「レオン！　危ない！」

レオンの契約精霊であるラーノが咄嗟に防壁を作ったが、レオンはその防壁ごと電撃に包まれてしまう。

——なんだ、これは……？

レオンはバチバチと弾ける電撃の中にいた。ラーノの防壁のお陰で痛みは少ないが、不思議な感覚に包まれていた。

レオンの光魔法と、ペガサスの雷魔法が混ざり合い……レオンは白い視界の中、淡いピンク色の兎の姿を見た気がした。ピンクの兎と、黒い馬と、赤い小鳥と、小さな海蛇と、灰色の狼と、黒い髪の青年がもみくちゃになって笑っていて……見ているだけで胸が温かくなるような、幸せな光景だった。

白い光が小さくなる中、レオンに見えている光景も変わっていく。兎が消えて、代わりに馬には羽が生えた。小鳥は燃える鳥になって、海蛇は大きな体に。狼は銀の毛皮に変わっていた。……そして、優しく笑っていた青年からは表情が抜け落ちていた。

……光が完全に収まった時、レオンの右手は電撃によって焼け焦げていて、ペガサスの胴には〈光の槍《ライトスピア》〉が突き刺さっていた。

「キュラス国王、大丈夫ですか！」

駆け寄るルーファスに、レオンは「俺様も加勢してやろう」と告げた。そんなレオンの手をラーノが治す。

戦いはまだ終わりそうに無かったが、レオンとラーノという味方が増えたルーファスは、先ほどまでよりずっと気持ちが楽になっていた。

◆
◇
◆

「魔力反応、確認したほうが良いのです。ユーフォルビア王国の反撃ですの」

「……確かに多少手こずっているようだな」

私の言葉で、ハルジオンも地上の魔力の流れを確認したのでしょう、そう言いました。

各地で大規模な魔法がいくつも使われているようですが、その魔力の数自体に大きな変動はありません。ユーフォルビア王国にいる人々が、魔物の攻撃に持ちこたえている証拠です。

「だが、それも時間の問題だ」

そう言ったハルジオンが「魔物魔法〈召喚《サモン》〉」と唱えました。

ハルジオンの詠唱と共に、どこからともなく魔物が現れます。スライムにロックグリズリー、アイアンビー、ハーブウルフ。どこかで見た魔物たちが、ハルジオンを守るように取り囲みます。

魔物達はハルジオンの魔力で強化されているようですね。前に見た時よりも一回り以上大きくなっています。手強そうな魔物の大群を前に、サクラさんが「ひっ」と小さな悲鳴を上げました。

「お前たちを殺した後、僕も地上に行くとしよう。そうすれば魔物はさらに強化され、地上の制圧はすぐに終わる」

「なら、私達がここであなたを止めるのです」

「やれるものならやってみろ」

「行け」というハルジオンの言葉と共に、魔物達がこちらに向かってきます。

対するこちらから飛び出したのはノルディア様。素早い動きで前に出たノルディア様は、ものの数秒でアイアンビーを切り落としました。アイアンビーは硬い外骨格を持つ蜂の魔物ですが、それを簡単に斬り裂くノルディア様は流石です。

サクラさんを守るためでしょう、後方に待機したまま動かなかった青藍も、ノルディア様を援護するためにハーブウルフへ短剣を投げています。

ハーブウルフの首元に小さな傷を一つだけ付けた短剣ですが……その刃には、毒が塗りつけられています。ドシャリと倒れたハーブウルフはもう動けないでしょう。

「ヨル、私達もやるのです！」

「アイアイサー！」

「闇魔法〈闇の槍《ダークスピア》〉……の、大量バージョンですの！」

私の呼びかけに答えて、ヨルの体が闇に溶けます。靄状になったヨルを纏い、ドレスが黒く染まっていきます。

ヨルと一体化した状態で放った魔法は〈闇の槍《ダークスピア》〉です。闇の魔力で作り出した百を超える槍を、岩を纏った巨体の熊の魔物……ロックグリズリーに放ちます。

ガガガガッ！　と派手な音を立てて〈闇の槍《ダークスピア》〉がロックグリズリーの体についた岩を砕きます

が……あんまり効いている感じはしません。ハルジオンの魔力で強化されているおかげで、ロックグリズリーの防御力が上がっているのでしょう。

でも……私とヨルには、多少硬くても問題ありません！　魔力の多さに物を言わせた物量で押し切ります。

——ガガガガガガガガガガガガッ！

少しずつロックグリズリーの体が削れて、立っていたロックグリズリーを〈闇の槍《ダークスピア》〉が倒して、倒した先でも〈闇の槍《ダークスピア》〉の追撃が入って……とうとうロックグリズリーは、起き上がらなくなりました。

「ふうっ、なかなかしぶとかったのです」

「硬かっタ！」

私とヨルがなんとかロックグリズリーを倒した時には、すでにノルディア様がハルジオンに迫っていました。

「もらった！」

ノルディア様の剣がハルジオンを捉えた……そう思った瞬間、二人の間にスライムが割り込んで来ます。

ハルジオンを守るように体を広げたスライムの体液が、ドロリと落ちて、地面を溶かしてしまいます。スライムの体には酸でも含まれているのでしょうか。

剣で戦うノルディア様への対策だとしたら有効な手ですね。

……まぁ、ノルディア様は止められませんけど。

「魔道具開放、氷属性付与」

その言葉で、ノルディア様の片耳で揺れる赤色のピアスが輝きを放ちます。白い光を発するピアスの正体は、赤い魔石を加工して作った魔道具です。

私の魔力をこれでもかと込めた魔道具は、ノルディア様の声に反応して、その手に持つ剣に氷の魔力を付与していきます。

「凍ってろ」

冷気を纏って白く輝く剣でスライムの体を切り裂きます。

液体状のスライムとはいえ、凍ってしまえば動くことはできないでしょう。ノルディア様に切られたスライムは、分断された形のまま氷漬けになりました。

これで……残っているのはハルジオンだけです！

「ここまで強い人間は、百年前でも珍しかったな」

追い詰めているはずなのに、ハルジオンは余裕の表情です。また魔物を召喚される前に片をつけようと思った時……

「僕はすいぶんと運がいい」

……ハルジオンが私を……ヨルと一体化している私を見て笑いました。

「精霊は本来、魔物に近い存在なんだ。その精霊と一体化している今のお前は、僕の魔法の範囲内だ。魔物魔法〈魔物支配《デーモンコントロール》〉」

ハルジオンの言葉の意味を考えます……考えようと思うのに……なんだか、頭が回りません。

「ユナ？」

ノルディア様が心配そうな声で私の名前を呼んでいます。返事をしたいのに、うまく体が動かなくて……

「さぁ、君は僕の配下だ。人間を殺してこい」

ハルジオンが……私の主が何かを言っています。

そうでした。人間を殺さないといけないんでした……

「仰せのままに。闇魔法〈影縛り《シャドウバインド》〉」

魔法を使った私を見て、赤い髪の人間が怒ったような顔をしていました。

「魔物魔法〈魔物支配《デーモンコントロール》〉」

ハルジオンが魔法を使った途端、ユナの様子がおかしくなった。

瞳から輝きが消え、ゆらりと体から力が抜けていく。何よりもおかしいのは……

「ユナ？」

俺の呼びかけに、いつもなら嬉しそうに返事をするユナが、今は何の反応もしないことだった。

……いや、うん。自分でも何を言っているんだとは思うが、ユナが俺の声に反応しないなんてあり得ないんだ。それくらいユナは俺を想ってくれてるからな。

「ユナ様がノルディアさんのことを無視した⁉　ノルディアさん、まずいです！　ユナ様、精神系の攻撃を受けていますよ！」

青藍さんも同じ考えのようだし、俺の自惚《うぬぼ》れではないだろう。

「ヨル、お前も……駄目そうだな……」

一縷《いちる》の望みをかけてヨルの名前を呼んでみたが、反応はない。ユナと一緒に精神攻撃を受けていると見て間違いなさそうだった。

「さぁ、君は僕の配下だ。人間を殺してこい」

「仰せのままに。闇魔法〈影縛り《シャドウバインド》〉」

ハルジオンの言葉に従ってユナが魔法を使った。影で作られた黒い手が、ユナの体に絡みつく。

普段のユナは〈影縛り《シャドウバインド》〉を、対象物の拘束にしか使わない。何をするのかと思った瞬間、ユナの姿が掻き消えた。

……否、掻き消えたと感じるほど速く、ユナの体が動いていた。

「なんだ、この動きは⁉」

〈影縛り《シャドウバイン》〉を拘束に使うのではなく、身に纏《まと》うことで身体能力のサポートに回しているのだと気付いた時には、既にユナの体は俺の前にあった。

「闇魔法〈闇の剣《ダークソード》〉」

目の前で黒い剣が生み出される。凄まじい速度で俺に斬りかかろうとするユナの姿に……自分でも驚くほど腹が立った。

日頃から鍛えているわけでもないユナを、無理矢理魔法で強化して動かすなんて負担が大きすぎる。細い手で〈闇の剣《ダークソード》〉を握るユナの姿にも、ユナを操るハルジオンにも、感情が荒ぶって仕方ない。

「無茶させてんじゃねェよ」

できる限りの加減をして、振り下ろされる〈闇の剣《ダークソード》〉に自分の持つ剣をぶつける。キィンと鋭い金属音が鳴ってユナの体が後ろに反れ、その手に握られていた剣が弾け飛んだ。

「ッ！　闇魔法〈影移動《シャドウムーブ》〉」

攻撃を防がれたユナはすぐに〈影移動《シャドウムーブ》〉の影に飛び込んで姿を隠した。

その動きは流れるようにスムーズで、流石としか言いようがない。だが、〈影移動《シャドウムーブ》〉は影と影を繋いで移動する魔法だ。影のある場所を確認すれば、ユナがどこから出てくるのかは予測できる。

青藍さんの影は動かない。サクラ嬢の影も、ハルジオンの影も動いていない。だとすれば……

「俺の影だな」

予想通り、俺の足元からユナが現れる。未だにヨルと〈影縛り《シャドウバインド》〉を身に纏って、俺に殴りかかろうとするユナの攻撃は速かった。速いが……来ると分かっていて避けられないほどではなかった。

「良いのか、避けて？」

……ハルジオンが声を掛けてこなければ。

「僕の魔法は、配下の魔物に命令するだけじゃない。その命も握っている」

ハルジオンが告げたのは紛れもない、脅しだった。

ユナの命は、ハルジオンの気分次第で何時でも消せる。ずっとユナの攻撃を避け続けたりしたら……その時はユナの命から消してやる。そうハルジオンは俺を脅していた。

「下衆《げす》が」

ユナの攻撃を受けるか、ユナの命を危険に晒《さら》すか。二択を迫られ……俺は動きを止めるしかなかった。強化されて力の増したユナの拳が、俺の腹に入る。ボキリと嫌な音が体から響いて、俺の体は吹き飛ばされた。

「痛ってェ……」

岩壁に激突してなんとか止まったが、攻撃を受けた腹がズキズキと痛む。骨の一、二本は折れたかもしれない。だが……痛みに呻《うめ》く暇はなさそうだった。

「良いぞ。次はあっちをやれ」

ハルジオンがユナに向かって、次の命令を出している。ゆらりとユナが向かった先にいるのは……青藍さんとサクラ嬢だった。

「……こうなってしまっては仕方ありません」

「ど、どうするの？」

「私の命よりも、ユナ様のほうが大切です」

青い顔をするサクラ嬢を守るように、青藍さんが前に出る。だが、その手は武器を握ることはおろか、ユナを迎え撃つ構えすらしていない。棒立ちでユナを待つだけの姿に……青藍さんも俺と同様、ユナを守るために攻撃を受けるつもりなんだと察した。

「闇魔法〈闇の剣《ダークソード》〉」

魔法で生み出した黒い剣を握るユナを前にしても、青藍さんは動かない。覚悟を決めたように目を閉じて、青藍さんはユナの刃を受け入れようとしていた。

「青藍さんを殺したなんて知ったら、ユナが傷つくだろうが」

どうしようかなど考えてる時間はない。折れた骨の痛みを無視して走り、ユナと青藍さんの間に割り込んだ。〈闇の剣《ダークソード》〉を振り下ろしかけていたユナの手を止めて、虚ろな視線に目を合わせる。

「ユナ、一回しか言わねェからよく聞いとけよ」

すぅと息を吸い込んで、言葉を紡ぐのは一か八かの賭けだった。

今のユナに俺の声が聞こえているかは分からない。迷ってる時間もない。

だが……俺の言葉が聞こえていれば、ユナは止まってくれる。そんな気がした。

「いつも俺の隣にいる時、幸せそうに笑うのが好きだ。自分からはグイグイ来るのに、俺から触りに行ったら照れるのも可愛いと思ってる。小せェ体でいろんな魔法を使いこなすのも尊敬してる。魔法で戦えるように努力してる姿も、人を頼るのが苦手なところも、嫉妬深いところも全部好きだ」

いつもは照れもあって言いづらい言葉を、ここぞとばかりに畳みかける。

青藍さんが背後で「ヒャッ」とよく分からない声を出した。俺だって恥ずかしいんだから、変な反応をしてくれるな。せめてサクラ嬢みたいに黙っててくれ……

背中がむず痒《がゆ》くなるような気持ちになりながら、俺はユナを抱きしめた。

「愛してる。魔法も使えない俺の強さを、ユナが信じてくれた時からずっと」

出会った時のユナは小さくて可愛いだけの女の子だった。

いつも俺のことを大好きだと伝えてくれて、真っ直ぐに俺のことを信じてくれた。

一緒に同じ時間を過ごすうちに、守るべき子どもでしかなかったユナが、いつしか大切な人になって、今では誰にも譲れない存在になった。

「だからユナ、お前も俺だけを見てろ」

俺のところに戻って来てくれ。強く願って、ユナの体を抱きしめる腕に力を込めた。

この至近距離で魔法を使われたら、どうやっても避けることはできないだろうな。

……まぁ、そうなったらなったで諦めるか。

ユナが意識を取り戻して、俺を殺したなんて知ったら発狂するかもしれないから……俺が死ぬ寸前に、ユナのことも一緒に連れて行こう。

リージア様や青藍さんは怒りそうだが、ユナはきっと喜んでくれるだろう。

そんな不穏なことを考えていた俺の腕の中。すっぽりと収まっていたユナの体に絡みついていた〈影移動《シャドウムーブ》〉が、空気に溶けるように消えていく。カツンと音がして〈闇の剣《ダークソード》〉が地面に落ちて消滅した。

「何をしている？　早く次の攻撃をしろ」

動きの止まったユナに、ハルジオンが声を掛け……ユナの体がゆっくりと動きだす……

「ノルディア様の熱烈な告白……幸せですの……」

呟いて、俺の腕の中で失神したユナに、ハルジオンが「は？」と呆けた声を出した。

ハルジオンからしたら訳がわからないだろう。攻撃も受けていないユナが急に倒れるなんて、ユナが俺に抱く異常なまでの好意を知らなければ理解できないはずだ。

「おかえり、ユナ。青藍さん、後は頼んだ」

ユナの体を支えながら言った時には、すでに青藍さんの姿は消えていた。

「闇魔法〈幻影《イリュージョン》〉」

唯一気配を感じられるのは、魔法を詠唱した小さな声だけ。だがその声も、ユナに気を取られていたハルジオンには聞こえなかっただろう。

姿も気配も足音も、何もかも消して透明人間になった青藍さんが、ハルジオンの背後に回って首に短剣で小さな切り傷をつけた。

「なんだ？　血が出ている……？」

致命傷と呼ぶには程遠い、少し血が流れた程度の傷にハルジオンは眉を顰《ひそ》める。しかし青藍さんの攻撃は、それだけで十分だった。

〈幻影《イリュージョン》〉を解いた青藍さんが握る短剣は、紫色に変色している。あれはきっと……ユナの母親のリディナ様が作った猛毒を塗り込んでいる。

ハルジオンも短剣の異様な色に気が付いたようで、「毒か」と言ったが、もう遅い。

「私達の勝ちです。ユナ様は返してもらいます」

青藍さんの言葉が合図だったかのように、ハルジオンの体はゆっくりと地面に倒れていった。

◆
◇
◆

「こ、今度こそ死ぬかと思いました……」

「ああ、危なかったな」

「ノルディアさんも、よくあんな作戦を思いつきましたね。ユナ様の異常性をうまく利用した、良い案でした」

「……異常性ってなぁ」

「でも、そんなユナ様を愛しているんですもんね」

青藍がクスクスと笑っている声が聞こえます。なんだかとっても良い夢を見ていた気がします。ノルディア様に抱きしめられながら、すごく甘い言葉をたくさん言ってもらえたような……そう。今みたいにぎゅって、ノルディア様の逞しい腕に包まれて……今みたいに……？

「お、起きたか」

パチリと目を覚ました私の視界に飛び込んできたのは、私を心配そうな顔で見つめるノルディア様の姿でした。お姫様抱っこで私を抱えているノルディア様が顔を覗き込んでくるものだから、ものすごく顔が近くて、一気に顔が真っ赤になってしまいます。

「その反応はユナで間違いないな。大丈夫か？　体痛くないか？」

　ノルディア様の言葉に「体？」と疑問に思ったのですが……言われてみれば、全身が酷い筋肉痛になっています！

「い、痛いのです……〈回復《ヒール》〉」

　涙目になりながら〈回復《ヒール》〉を使うと、痛みはすぐに引いていきます。こんなに酷い筋肉痛になったのは初めてです……

　なんとか動けるようになってからノルディア様のことを見れば、口元に血が付いているような気がしました。

「誰が私のノルディア様を傷つけたのです⁉」

「えっと……」

「はは……」

　言った途端、青藍がなんとも言えない表情で顔を逸らして、ノルディア様が苦笑しました。

「ユナァ、覚えてないノ？」

　小さな靄になって弱り切っているヨルにそう言われて、記憶が蘇ってきます。ハルジオンの魔法で意識を奪われて、ノルディア様と青藍に襲いかかったことを……

「わ、私だったのです！　〈回復《ヒール》〉〈回復《ヒール》〉〈回復《ヒール》〉！　ノルディア様、本当にごめんなさいですの！」

「ユナのせいじゃないから気にするな」

優しく慰めてくれるノルディア様の言葉は嬉しいですが、今は素直に喜べません。最愛のノルディア様を、自分の手で傷つけてしまうなんて一生の不覚です……

ずどーんと落ち込む私に、ノルディア様がそっと顔を寄せてきます。

「ちゃんと聞こえてたな。戻ってきてくれて助かった。ありがとうな」

その言葉で、意識を乗っ取られていた間にノルディア様から言ってもらった言葉の数々を思い出しました。すごく嬉しかったのですが……

「ノルディア様の熱烈な告白シーン！　もっとしっかり意識のある状態で聞きたかったのです!!」

悔しくてちょっと泣きそうです。操られていた時は頭がぼんやりしていて、「ハルジオンの命令を聞かないといけない」ということしか考えられなくなっていました。ノルディア様の声も、どこか遠くのほうで小さく聞こえてくる感じでした。

ううう、しっかり聞いた上で空間魔法〈映像保存《ピクチャー》〉も使いたかったです……ノルディア様に後でもう一度言ってもらえないか頼んでみましょう……

とりあえず今はこっちが先ですね。

青藍の毒で体が動かなくて、地面に倒れたままのハルジオン。私はノルディア様に降ろして貰って、彼に近付きます。

「……僕の負けか。負けるのはこれで二度目だ」

ノルディア様と青藍の二人に敗北したハルジオンは、憑き物が落ちたかのように、落ち着いた表情をしていました。

「僕を殺せ、人間」

こいつがノルディア様を傷つけることになった諸悪の根源！　許すまじ！　……と言いたいところなんですが……それだと少し後味が悪いです。

「あなたは根っからの悪人ではないのに、殺して終わりなんて嫌ですの」

「僕が根っからの悪人ではない？　何を腑抜けたことを。僕は人間を皆殺しにしようとした魔王だぞ」

「でも、最初にあなたに……いいえ、あなた達に手を出したのは人間だったのです」

私の言葉に、ハルジオンが驚いたように少し目を大きく開きました。

先ほどハルジオンに魔法で操られた影響なのか、ハルジオンの魔力がまだ私の体の中に残っている影響なのかは分かりませんが、ハルジオンの想いや記憶がうっすらと私の中にも残っていて、そこから伝わってしまうのです。ハルジオンの大きな愛情と、狂おしいほどの憎悪《ぞうお》が……

「あなたは……人間に大切な存在を殺されたのですね」

「……ああ。彼女がいない世界で生きていても意味がない。もう終わりにして、彼女に会いに行きたい」

そう呟くハルジオンがあまりにも寂しそうで、彼の記憶を持つ私まで悲しい気持ちになってしまいます。ハルジオンの記憶は温もりに溢れていました。仲間に恵まれ、愛する存在にも巡り合い、幸せでいっぱいでした。あの瞬間までは……

◆　◇　◆

百年以上前、魔物使いの資質を持って生まれたハルジオンは、仲間の魔物と幸せに暮らしていた。町の人々からは魔物と一緒にいるせいで不気味がられていたけど、ハルジオンは魔物が側にいてくれるだけで十分過ぎるほど幸せだった。

時折冒険者として働いて、裕福ではないけど貧しくもない、穏やかで平和な毎日。ハルジオンはそんな日々が本当に大切で、仲間の魔物を心の底から愛していた。

シロン……元は小さな兎の魔物だった彼女もハルジオンを愛していて、その想いが彼女を獣人へと進化させた。人間と魔物。種族は違ったけど、ハルジオンとシロンは、互いに互いを想いあって大事にしていた。

そんな幸せな日々を……魔物使いのハルジオンを恐れた人間が壊した。

「ハルジオンの仲間だから」という理由で害されたシロンを前に、町の人々は助けることもせず「町の中に魔物がいるのが悪い」と言って、ハルジオンを責め立てた。

大切な仲間であり、最愛の存在でもあったシロンを殺され、心まで踏みにじられ、ボロボロになったハルジオンは……人間を憎むことでしか自分の心を守れなかった。

人間を憎んで、人間に復讐して、勇者に倒された時。ハルジオンは歓喜したのだ。やっとシロンのもとへ行ける、と。

そんなハルジオンを癒やしたのが……どこから発生したのかも分からない花魔法だった。

ハルジオンを愛していたシロンが残した最後の奇跡だったのか、はたまた別の存在が気まぐれで放った魔法だったのかは誰にも分からない。けれど、花魔法が瀕死のハルジオンを包み込んだのは事実だ。花魔法は死の淵《ふち》にいたハルジオンの傷を全て癒やして生き返らせたのだから。そんな驚異的な回復力があるのは、驚異的な回復力を誇る花魔法以外はあり得ない。

傷が癒え、生き残ったハルジオンは……その心にはもう、生きる気力は残っていなかった。最愛のシロンもいない、大切だった魔物も傷つき封じられた。一人きりになってしまったこの世界で、生きていたいと思えなかった。

悲しくて、苦しくて、絶望したハルジオンは、唯一の希望に縋るしかなかった。

花魔法なら……ハルジオンを死の淵から救った花魔法なら、シロンも生き返らせることができるかもしれない。そう信じていなければ、ハルジオンは心を保つことができなかった。

勇者との戦いで弱った仲間の魔物を眠りにつかせて、ハルジオンは待つことにした。花魔法を使える誰かが現れるのを。自分の時すら止めて、傷ついた心を癒やすこともなく、ずっとハルジオンはその時を待っていたのだ。

いつかシロンに、再び会える日が来ることだけを願って……そうして出会ったのがサクラだった……しかし、その願いは叶わなかった。シロンが生き返ることはなかった。

「私もあなたのように、大切な人が殺されてしまったら……きっと同じように苦しむと思うのです。どうにかして生き返らせたいと、希望に縋ってしまうかもしれません」

記憶に触れてしまったから、私にもハルジオンの苦しみが痛いほど分かってしまいます。

ハルジオンのせいで、多くの人が傷つき……きっと中には命を落とした人もいました。関係のない人や、サクラさんまで巻き込んだハルジオンの行動は間違っていたと思います。

間違ってはいたけど……正しい道を見失うほど傷ついたハルジオンの苦しみを知って、私はハルジオンだけを責めることはできませんでした。

きっと私も、ハルジオンにノルディア様を殺されていたら、ハルジオンと同じように怒り狂ったと思うから……

「ごめんなさい」

「サクラさん？」

不意に聞こえたサクラさんの謝罪に、私は不思議に思って視線を向けて……ぎょっとしてしまいました。サクラさんはポロポロと大粒の涙を零して泣いていました。

「何で君が泣くんだ」と、ハルジオンまで困惑したように言います。

「ハル君、ずっと待ってたんでしょう？　大好きだった人に会いたくて、花魔法が使える人をずっと待ってたのに、私は何も出来なかった。力になれなくてごめんなさい。私がもっと、すごい魔法を使えれば良かったのに……」

涙を流すサクラさんは、本来は純粋な方なのでしょうね。自分も殺されそうになっていたのに、ハルジオンのことを想って泣くサクラさんの姿は、ハルジオンの記憶の中で見たシロンさんに少しだけ似ているような気がしました。

「……シロン」

ハルジオンもきっと、私と同じことを考えていたのでしょう。

懐かしそうに、少し悲しそうに、シロンさんの名前を呟いてから、ハルジオンはゆっくりと首を振りました。

「いや、君はシロンじゃない。重ねるのはシロンにも君にも失礼だ」

ハルジオンは毒で動かない体で、ゆっくりと手だけを動かして、サクラさんに魔法を放ちました。

水魔法の攻撃を受けて濡れたままになっていたサクラさんが、ハルジオンの魔法で乾いて綺麗な姿になっていきます。

「すまない。君にも酷いことをした。シロンが殺されて辛かったのに、怒りで我を忘れて君に同じことをしようとした。許されることじゃない」

「大丈夫だよ。私、怪我しなかったもん」

「……そうか」

泣きながら笑顔を浮かべるサクラさんのことを、ハルジオンは眩しいものを見るような目で見つめていました。

「良かった、本当に」

呟くハルジオンはきっと、サクラさんが側にいれば少しずつ心が癒えていく、そんな気がしました。

第九章　卒業式と、みんなが選んだ道

ハルジオンが敗北して、サクラさんの涙がハルジオンの心を溶かして……

しばらくしたら地上を襲っていた魔物たちの気配は消えていきました。きっとハルジオンが魔物を操って、これ以上人間を傷つけないようにしてくれたのでしょう。

当のハルジオンは、私達が「これ以上悪さをしないなら」という条件で解放しようとした時、「甘い奴らだ」なんて憎まれ口を叩いていましたけど。

ですが、ハルジオンの処遇に対して「良かったね！」と自分のことのように喜ぶサクラさんを見つめる眼差しは穏やかだったので、多分もうハルジオンは大丈夫だと思います。

駄目だったとしたら、今度こそ私が叩きのめせば良いだけです。その時はノルディア様を傷つけた報復として、ぎったんぎったんにしないといけません。

魔物が去った後のユーフォルビア王国は悲惨な状態でした。

魔物と戦った冒険者や騎士は傷だらけ。至る所で町や道が破壊されていました。

特に被害が酷かったのは王都とシーラスの町です。王都は城壁や町中もボロボロ。リー兄の魔道具も何個か壊されてしまったと嘆いていました。シーラスの町はもっと酷くて、港は壊滅《かいめつ》状態だそうです。

そうそう、王都に戻ってから聞いた話で驚いたことがあったのです。

魔物がユーフォルビア王国に襲い掛かってきた時、光華国の雛菊女王や、キュラス王国のレオン王まで力を貸してくれたとか。レオン王はともかく、雛菊女王まで助けに来てくれるとは思いませんでした。

騒動の後に会った雛菊女王は「竜胆姉上が助けに行くと言ったから、雛菊は姉上の付き添いで仕方なく来ただけぞ」と言いながら、シーラスの町の復興まで手伝っていました。

……いつから雛菊女王はツンデレキャラになったのでしょう？

レオン王は魔物との戦いでかなりの傷を負ったらしく、リリアさんのいた避難所に運び込まれました。リリアさんの看護を受けたレオン王は、回復してキュラス王国に帰っていきましたが、最後までリリアさんのことを「素晴らしい光魔法の使い手だ。ぜひキュラス王国に来ないか」と勧誘したらしいです。

押しに弱いリリアさんは、いつかレオン王に連れていかれてしまう気がしてちょっぴり寂しいです。

少しずつ復興が進んで、完全に元の状態まで戻るのはまだまだ先かもしれませんが、日々の暮らしも落ち着きを取り戻しつつあります。

そんな日々を過ごして、迎えた今日は学園の卒業式です。

「卒業生の代表として、この日を迎えられた事を嬉しく思います」

卒業式で挨拶をしたのはフィーでした。

『君紡《きみつむ》』だと卒業の挨拶はヒロインさんの仕事でしたが、これも変わってしまっているようです。前までのサクラさんだったら「なんでヒロインの私が卒業生の代表じゃないの！」とか言って騒いでいたかと思いますが、ハルジオンとの対決が終わった後のサクラさんは以前のように「ヒロインなのに！」と騒ぐことはなくなりました。

今もフィーの話を頷きながら聞いているサクラさんは、良い方向に変わったと思うのですが……

「あのストーカー、またサクラさんに付きまとっているのです……」

問題はそんなサクラさんに付きまとうストーカーが出来てしまったことです。今も学園の上空で、フェニックスに乗ったストーカー……もといハルジオンがサクラさんのことを見守っています。

ひょこっと私の影の中から顔を出したヨルが「ストーカーってなんダ？」と不思議そうに聞いてきました。

「他人に付きまとう人のことですの」

「ユナのことカ。いつもノルディアに付きまとってル！」

「……」

「ユナ？」

とにかく！　あのストーカーは妙にサクラさんに執着しているので、サクラさんに何かあれば、また闇落ちして暴れまわりそうです。これからはサクラさんの動向に注意するように、フィーにも伝えておかないといけません。

うんうんと頷いて、次に見るのはリリアさんです。

フィーの話を涙ぐみながら聞いているリリアさんは、卒業後にキュラス王国へ行くそうです。光魔法の天才であるレオン王から「リリア嬢の回復魔法は、キュラスへ来ればもっと伸びる」と言われたことで、他国へ行く決心をしたのだとか。人のために頑張るリリアさんらしいです。

今までのように気軽に会えなくなってしまうのは寂しいですが……まぁ、キュラス王国だったら魔法で密入国しても許されそうですね。時々会いに行って、リリアさんが泣いていたらキュラス王国から攫《さら》ってしまいましょう。

「これから先も、人生を歩む中で高く険しい壁はどこにでも現れるだろう。私はこの学園で培《つちか》った困難に打ち勝つ心の強さを、忘れることなく持ち続けていきたい」

そんなことを考えていたら、フィーの話が終わってしまいました。

一礼をして下がったフィーに、フリージアさんが話しかけています。ここからだと内容は聞こえませんが、多分フィーにねぎらいの言葉でも伝えているのでしょう。

あの二人は、学園を卒業してしばらくしたら婚姻を結ぶそうです。

なんでも「二人で学園にいる破壊神に対応するうちに、信頼感が芽生えた」とのことです。破壊神なんて学園にいたのですね。私は全然気が付きませんでした。

友達のフィーとフリージアさんが幸せになるのは、私にとっても嬉しいことなので、どこぞの破壊神とやらには感謝しないといけません。


「卒業おめでとう、ユナ」

卒業式が無事に終わって、別の場所で待機していた青藍と合流して会場を出た私を待っていたのはリー兄でした。

お父様の補助という形で、次期公爵になるための仕事をしているリー兄が来てくれるなんて思っていませんでした。何かあったのでしょうか？

「大切な妹の晴れ舞台だから、少し仕事を抜けてきたんだ。父様も来たがっていたけど仕事が片付かなくてね、残念がっていたよ」

優しく笑ったリー兄はもう一度「おめでとう」と言ってお祝いの品……ブローチの形をした魔道具を渡してくれました。

こういうのって普通、花束とかじゃないんでしょうか？　ここで魔道具を選ぶセンス、さすがリー兄《魔道具馬鹿》です。

「それと……少しだけ青藍を借りてもいいかな？」

「私ですか？」

「うん。ちょっと来てくれる？」

不思議そうな顔をした青藍を、リー兄は「ノルディアさんに協力すると思って」と囁いて連れて行ってしまいましたが……ノルディア様……？

ノルディア様がリー兄と、どういう関係があるのでしょうか？

「気になるのです！　魔法で盗み聞きするのです！」

「ウワァ」と引くヨルを無視して、少し離れた場所に行ってしまった青藍とリー兄の会話に聞き耳を立てます。

「ノルディアさんに協力と仰っていましたが、どういうことでしょうか？」

「まぁ、それはもう少し待って。その間にさ……僕の頼みを聞いてほしいんだ」

「リージア様の頼みですか？　それはもちろん。なんでも仰ってください」

「なんでも……なんでも、かぁ」

「リージア様？」

「少し酷なことだけど、良いかな？」

リー兄は困ったように眉を下げて、躊躇うように視線をさ迷わせて……それから迷いを振り切るように、青藍の手を握って伝えました。

「青藍、光華国へ戻って欲しい」

リー兄の言葉に、青藍は見る見るうちに真っ青になってしまいます。今にも倒れてしまいそうな様子で「私はもう、不要ということでしょうか」と尋ねた青藍に、リー兄は首を横に振りました。

「ううん、違う。僕の人生にはどうしても君が必要だから、光華国に行ってほしいんだ」

「……え？」

「光華国の王族である竜胆様がね、青藍を養女に迎えたいと言ってくれた。獣人への差別を無くすために、獣人も人間も平等だとアピールしていきたいと。ユーフォルビア王国としても光華国との繋がりは欲しい。青藍には二国の架け橋になってほしいんだ」

そこまで言ったリー兄はゆっくりと片膝をつきながら「っていうのは建前でね」と言いました。

「僕はね……どんな手を使っても青藍が欲しいんだ。竜胆様に頼み込んで、他国の王族という後ろ盾を無理矢理つけてでも、君を手放したくないと思っている」

地面に膝をついて、青藍の手を握るリー兄は、まるでプロポーズでもするかのような姿勢です。

「青藍のことが大切なんだ。君と……出来れば結婚したい」

まるでプロポーズでもするかのような姿勢、ではなくまさにプロポーズでした……

リー兄、急すぎませんか？　青藍もびっくりして目がまんまるになっています。

「もちろん、嫌だったら断ってくれて構わないよ。受け入れてくれたとしても、数年先の話だ。青藍が竜胆様の養女になって、教育を施してもらって。短くても年単位で光華国にいてもらうことになる。結婚したとしても僕は公爵を継ぐことになるだろうから、不自由な思いをたくさんさせてしまう。青藍にとって良いことなんて一つもない。だからね、君が嫌だと言ったら、この話は二度としないから……」

「安心して」と言いかけたリー兄の言葉に被せるように、青藍が「嫌ではありません！」と言いました。

「私も、リージア様のことをずっとお慕いしていて……でも、私なんかが……」

「青藍なんか、じゃないよ。僕は青藍が良いんだ」

「……私で良いのなら。私もリージア様と一緒にいたいです」

こくこくと頷く青藍の手に、リー兄は緑色の魔石で作った指輪型の魔道具を嵌《は》めました。

こんな時でも魔道具を贈るリー兄に呆れますが、きっとあの指輪は、青藍が離れていても怪我をすることのないように、リー兄の知識を詰め込んで作った魔道具なのでしょう。

嬉しそうに笑う青藍に、私まで幸せな気持ちになってきます。

「ユナ、卒業おめでとう」

青藍とリー兄に気を取られていた私に、声をかけたのは……

「ノルディア様！」

……私の最推し、ノルディア様です！

「ノルディア様も来てくれたのですね！」

「ああ。フィーから休みを貰った」

そう言ったノルディア様ですが、着ているものは騎士団の制服です。休みの日なのに、制服なんて珍しい。不思議に思った私に、ノルディア様は「正装が良いかと思ってな」と言いましたが、どういう意味でしょう？

疑問が解消しない私に、ノルディア様は「綺麗になったな」と、眩しいものをみるような表情で褒めてくれます。

「最初に出会った時から可愛いかったが、年々綺麗になっていく。他の奴に取られないか心配なくらいだ」

ハルジオンとの戦いの中で想いを伝えてくれたノルディア様は、あれで吹っ切れたのか、時々びっくりするくらい甘い言葉をくれるようになりました。

すごく嬉しいですが、心臓がドキドキして落ち着きません。

「私は最初に出会った時から……いいえ、出会う前から。ずっとノルディア様だけのものですの」

『君紡《きみつむ》』の世界に生まれるずっと前から、私はノルディア様のことが好きでした。誰よりもカッコよくて、努力家で、優しいノルディア様のことが大好きなのです。

実際に出会ったノルディア様はもっと素敵で、ノルディア様を知る度に好きという気持ちが大きくなっていきます。

「ああ、分かってる。分かってるんだがなぁ……」

「ノルディア様？」

「他の奴らがユナに見惚れていると、散らしたくなる」

ノルディア様はなにかの決心を固めるかのように、グッと両手を握りしめています。

その姿は怒っているようにも、緊張しているようにも見えました。

「卒業したばっかりのこんな時に言うことでもねェけど、俺との婚約を……終わりにしないか？」

「……え？」

ノルディア様の真意を測りかねていた私は……突然告げられた衝撃の言葉に固まってしまって……

「ユナ⁉　ヤバいっテ！　魔力出し過ギ‼」

ヨルの悲鳴にハッとした時には、学校の中庭が氷漬けになってしまっていました。

私の魔力暴走に気が付いたヨルが闇の魔力だけは吸い取ってくれていましたが、それがなかったら今頃学校は消し炭になっていたかもしれません。

「何だ！　この魔法は！」

「魔物がまた来たのか？」

「ユナか⁉　ユナだろう！　ユナだよな！」

先ほどまでいた講堂もカチカチの氷漬けで、会場の中は大混乱になっています。フィーの怒号が聞こえてくるので、中にいた人達までは被害が出ていないようです。

木々や花まで凍って、全てが白く染まった中庭。こんなにも幻想的な光景の中で、ノルディア様との婚約が終わるだなんて悲し過ぎます。

でも……

「ノ、ノルディア様が……それを望むのでしたら……！」

愛するノルディア様の意向を無視して、婚約を続けることはできません。

婚約者でなくなったとしても、ノルディア様には嫌われたくありません。もう嫌われてしまったから、婚約の破棄を言い渡されているのかもしれませんが……

そう思ったら悲しくて涙が出そうです。でも泣いたらノルディア様に迷惑なので、我慢しないと。

「ノ、ノルディア様が……それを望むのでしたら……！」

涙を堪えてプルプルと震える私を見て、ノルディア様が慌てた様子で「違う！　言葉を間違えた！」と叫びました。

「誤解させて悪かった。だから泣かないでくれ」

私の目に浮かぶ涙を拭ってくれるノルディア様の手は優しいです。そんなことをされると、ノルディア様を手放せなくなってしまいます。

ガシガシと頭を掻いたノルディア様が、私の手を取って、ぎゅうっと握りしめてくれます。ノルディア様の大きな手に包まれていると、動揺していた心がゆっくりと落ち着いてきます。

涙が落ち着いた頃、ノルディア様はもう一度「ごめん」と謝ってくれました。

「お前に泣かれるとどうして良いか分からなくなる。他の奴にも渡したくねェし、ユナに見惚れてる奴がいると俺のモンだって言いたくなる。だから……婚約を終わりにして、結婚しねェかって言

いたかった」

言い直してくれた言葉に、一度落ち着いたはずの心が崩壊していきます。

ケッコン……けっこん……ノルディア様と、結婚。

ノルディア様と結婚⁉

「します！　したいのです」

突然のことにびっくりし過ぎて、叫ぶと同時にまた魔力を暴走させてしまいました。今度はヨルにも止められなかったようで、凍り付いていた講堂の窓ガラスが魔力の圧に耐え切れずに一斉にはじけ飛んでしまいました。

遠くから「ユナァアア‼」というフィーの怒声が聞こえた気がしますが……今は気にしている余裕なんてありません。

「本当に！　本当に良いのです⁉」

「ああ、ユナが望んでくれるなら。俺はユナと一生を共にしたい」

「生活は公爵家には敵わないかもしれないが、食べる物には絶対に困らせない。貴族でもなくなるが……それでも良いのなら」とノルディア様は付け加えましたが、そんなの些細なことすぎて、まったく気になりません！

だって……

「ノルディア様のお嫁さんになるのが、ずーーーっと前からの私の一番の夢でしたの！」

ノルディア様のお嫁さんになる、その夢はずっと前……前世からの願望だったから。

「本当に嬉しいのです！　ノルディア様との結婚、絶対にします！　もう駄目って言っても遅いのです。録音魔法で言質は取っているのです！」

喜ぶ私の影から、ヨルが「本当にコレで良いのカ？」とノルディア様に問いかけています。笑うノルディア様の背後、講堂の中から「さっきから何をやってるんだ、ユナ！　ノルディアも止めろ！」と怒りながら飛び出てくるフィーがいて。割れて降り注ぐ窓ガラスの欠片から、魔道具で身を守りながら見守ってくれていた青藍とリー兄が「おめでとう」と祝福を送ってくれました。

この世界に生まれて、大切な人に囲まれて、最愛の人に選んでもらえました。

何もかもが嬉しくて、すごくすごく、幸せです。

「ユナ・カモミツレ……ふふふ、幸せですの～！」

第十章　攻略対象その5の幸せな苦悩

俺……ノルディア・カモミツレは悩んでいた。

普段通りに仕事をして、時々役人に絡まれて困っているフィーを助けてやって。近々発表される予定になっているフィーとフリージア様の婚約パーティーの警備の手配を進めて、と。忙しい生活の中で頭を悩ませるのは、婚約者であるユナ・ホワイトリーフのことだった。

俺がユナと出会ったのはもう何年も前のこと。まだ俺が騎士でもなかった学生の頃、誘拐犯に攫われそうになっていたのがユナだった。たまたま誘拐現場を目撃した俺がユナを助けて、それがきっかけでユナは俺に懐いてくれた。それからフィーと仲良くなったり、ヨルや青藍さんと出会ったりと色々なことがあった。

ユナが俺のことを信じてくれて、好きだと伝えてくれて、気が付けば俺もユナのことが気になる存在になっていた。まだ子供だったユナから「婚約者になってほしい」と言われた時は、大人になったら忘れてしまうだろうと思いながらも、嬉しくて頷いてしまった。

それから何年もの月日が経って……ユナは大人と言って良い年齢になっても、俺が良いのだと言ってくれた。

ユナのご両親も「ノルディアさんとの結婚を許さなかったら、ユナちゃんは勝手に出て行っちゃうかもしれないから……」と、なんとも言えない理由で俺とユナの結婚を許してくれた。

後はユナと一緒に住む場所を選べば、順風満帆な新婚生活が幕を開ける。はずだったのだが……

「家、どうすっかな」

俺を悩ますのは、ユナと一緒に暮らす家のことだった。

今の俺が住んでいるのは騎士団が所有する独身寮の一室だ。騎士団に所属している独身の者なら、希望を出せば誰でも入居することができる便利な寮だが、ユナと結婚するのなら出ていかなければならない。もちろんフィーの近衛騎士として真っ当な仕事をしている俺の給料なら、家を買うぐらいなんてことないのだが……

「ユナは実家がホワイトリーフ公爵家の豪邸《あれ》だからな……」

俺が心配しているのは「ユナが住みたいと思えるような家を購入することが出来るか」というものだった。

ホワイトリーフ公爵家に張り合うような豪邸は難しいかもしれないが、それなりに大きくて綺麗で、ユナが喜んでくれる家を買いたい。

幸いにも貯金はしている。と言うよりも忙しかったおかげでお金の使いどころがあまりなく、勝手に貯まっていただけではあるが、とにかく貯金はある。

ユナと一緒に家を探しに行く約束をしている日までは、まだ少し日程もあることだし、あとは仕事が休みの日に冒険者ギルドへ行って、魔物でも倒して稼いでおけば大丈夫だろうと考えていた。

「光華国の雛菊女王が来訪したいそうだ。明日にでもシーラスの町にやって来るらしく、僕も行かないといけなくなった。付いて来てくれ」

休みの前の日。申し訳なさそうな顔をしたフィーが、俺のもとにやって来るまでは……

「本当にすまない！　忙しい時期なのは分かっているんだが、どうしてもノルディアについて来てほしいんだ」

手を合わせながら言うフィーを前に、ガックリと項垂れそうになってしまう。

なんとか堪えたのは、項垂れたらフィーが気にすると思ったから。内心の落ち込みをなるべく見せないようにして、俺は「どうして急に」と呟いた。

「なんでも竜胆様がユーフォルビア王国へお忍びで遊びに来ているようで、雛菊女王はどうしても竜胆様を捜しに来たいらしい」

どんな理由での来訪だよ……あと、師匠も雛菊女王も何をやっているんだ……

ますます項垂れたくなってしまったが、光華国の連中のしょうもない理由での来訪はともかく、婚約発表を間近に控えたフィーのことを放り出すわけにもいかない。フリージア様との婚約について、良く思わない貴族や役人がいるのは分かっている。大体は自分の息の掛かった人物をフィーに売り込みたかった欲深いだけの奴らだが、中には自分の思い通りに国を動かそうと、フィーやフリージア様に刺客を送り込む不届き者だっているのだから。

「分かった。師匠……竜胆様のことなら俺が詳しい。さっさと捜し出して、雛菊様にはお帰り頂こう」

◆◇◆

そんなこんなで、フィーと一緒に向かったシーラスの町。

未だ街並みには魔王ハルジオンの配下による襲撃事件の爪痕が残っているが、人々の顔は明るく、前に来た時と同じく活気に溢れていた。

力強く、良い町だと思う。

「姉上はどこぞ！　毎日毎日、ユーフォルビアへ赴いて！　まさか姉上を誑《そその》かす男でもおるのではないだろうな！」

大きな船に乗ってやって来た雛菊女王が、海岸沿いで騒いでいなければ、だが……

「やっと帰ってきた姉上、雛菊はもう逃がしませぬ！」

魔王ハルジオンの魔物を食い止めるのに尽力してくれた雛菊女王に、挨拶とお礼を伝えるために赴いたフィーのことなど視界にも入っていない様子だった。血走った目で「姉上姉上姉上」とうわ言のように呟く雛菊女王は、控えめに言って怖すぎる。雛菊女王を間近で見ているフィーは、にこやかに歓迎の言葉を伝えながらも、頬がひくりと引きつっていた。

「雛菊女王。この度は我がユーフォルビア王国へのご来訪ありがとうございます」

「うむ。招き入れてくれたこと、雛菊の方こそ感謝したい」

「魔物襲撃の際も、ユーフォルビアの民を守っていただき、そちらも感謝を……」

「よい。雛菊は姉上に頼まれたから動いただけのこと。それよりも雛菊は姉上を捜しに行きたい」

「では護衛の者をお付けしますので……」

「我が身くらい雛菊は自分で守れる。足手まといは不要ぞ」

「いえ、でも……」

「もしも雛菊に何かあったとしても、ユーフォルビアへ抗議などせぬ」

一刻も早く好き勝手に動きたいといった様子の雛菊女王と、国内で問題を起こされたくないフィー。やんわりとした言い方ではあるが譲ろうとしないフィーを前に、雛菊女王が折れて「仕方ない」と呟いた。

「分かった。数名ならば供を付けても良《よ》い。だが雛菊の動きに付いて来れぬようなら、置いていく」

譲歩なのか、どこかで撒くつもりなのか。微妙な雛菊女王の物言いに、配置される騎士を憐れんでいると、フィーと目が合ってしまった。

「ごめん」とでも言いたそうなフィーの視線に、嫌な予感がしてくる。

「では、そこの騎士を連れて行って下さい。必ずお役に立ちますから」

嫌な予感は当たるものだ。フィーが指さしたのは俺だった。雛菊女王がこちらを見た。俺を見て……雛菊女王は「ほう」と、何かに気付いたような顔をした。

「前に光華に来ておった騎士か」

「ええ。竜胆様直伝の剣技を使用する騎士です。この者なら、雛菊女王に付いていけるかと思います」

「姉上の剣技を！　それはとても良《よ》いぞ」

あっという間に雛菊女王の前に立たされた俺は、乾いた笑みを浮かべながら「よろしくお願いします」と言うしかなかった。


「それでは雛菊女王、本日はよろしくお願いします」

「姉上の知人ならば雛菊で良《よ》い。無駄に畏《かしこ》まられて余計な時間を食うのは好まぬ」

挨拶もそこそこに歩き出した雛菊女王は、シーラスの町を進みながら辺りをキョロキョロと見渡していた。多分、俺の師匠……竜胆を捜しているのだろう。ただ……その足取りは、目的地へ向かっているというより、あてずっぽうに歩いているといった様子だった。

「捜索が得意な獣人に協力を要請しましょうか？」

「いらぬ。姉上に獣人を使うのは控えるよう言われておる」

「使うのと、頼むのは違います。協力してほしいと頼んで、承諾してくれた獣人の手を借りるのなら、きっと師匠も怒らないと思いますよ」

俺の言葉に、ズンズンと歩いていた雛菊女王が足を止めた。少し考えた後、雛菊女王は振り向いて、後ろを歩いていた俺と視線を合わせて口を開いた。

「雛菊にはまだ、獣人を使って姉上が眉を顰める意味が分からぬ。使うと頼むの違いもよく分からぬ。きっと今の雛菊が頼んだとて、断ることのできる獣人はおらぬだろう。故に雛菊は、姉上の言葉の意味を真に理解できるようになるまでは、獣人に命を下すことはせぬ。雛菊は姉上がまた去って行かぬよう、変わると決めたのだ」

そう言った雛菊女王の瞳は、師匠によく似た燃える炎のような赤色で、意思の強そうなところまで師匠にそっくりだった。

「分かりました」

そこまで言う雛菊女王に、これ以上は俺が口出しをすることでもないだろう。大人しく雛菊女王の気が済むまで付いて行くことに決めた。

「うむ。そうと決めたら姉上の捜索を再開する。〈結界〉に乗って上空から捜せば、見つかるかもしれぬ」

付いて行くことに決めた……つもりだったが、あまりにも無謀な捜索方法を聞かされてしまい、もう少しだけ口出しをすることにした。

「えっと……師匠はそもそも、何をしにユーフォルビアへ来たのでしょうか？」

目的が分かっているのなら、そこから場所を探ったほうが早い。そう考えて聞くと、雛菊女王は言葉を詰まらせた。

「……分からぬ。綺麗な部屋も、豪華な食事も、身の回りの安全も全て用意した。不足は無かった筈なのに、姉上がどうして光華国から出て行ってしまうのか分からぬのだ。もしかすると好いた男でもいるのかもしれぬ……」

絞り出すような声で雛菊女王は言った。師匠に好きな男か。なかなか想像できないな。並大抵の男は師匠の勢いに付いて行けないだろうし……ん？　綺麗な部屋に、豪華な食事に、身の回りの安全？　全部師匠の苦手なモンばっかりじゃねぇか。

あの人はだらしないからいつだって部屋は汚いし、豪華な食事より酒のツマミが好きだし、安全な場所よりスリル満点の勝負事が大好きな人だ。

……ああ、だからか。

「師匠の行き先、分かりましたよ」

雛菊女王は目を真ん丸にして「なんと」と呟いた。「すぐに姉上のもとへ連れていけ」と命令する雛菊女王を宥《なだ》めて、俺が向かったのはシーラスの町にある冒険者ギルドだった。入ってすぐの掲示板に貼りつけられた依頼書の数々にざっと目を通していく。迷子犬の捜索に、馬車の警護、魔物の討伐依頼が数枚あった。

一番難易度の高い討伐依頼は、町から少し離れた洞窟に住み着いた悪さばかりする魚の魔物を倒して欲しいというものか。かなり強そうな魔物と戦える上に、報酬も良い。

「なんなのだ。突然仕事など探し始めおって。姉上を捜すのが先ぞ？」

「ええ、分かっています。行きましょうか」

一通り見ると冒険者ギルドから出て、先ほど見たばかりの依頼書に書いてあった洞窟へ向かって歩き出す。

「やっぱり魔物を倒して金稼ぎをするつもりか？」と訝しげに俺を見つめる雛菊女王の視線に気がつかないふりをして、洞窟の中に入って行く。薄暗くて湿気の多い洞窟の中……俺が予想していた通り、魚の魔物と戦っている師匠を見つけた。

「風魔法〈風刃《ふうじん》〉！」

「やっぱりここにいた。師匠、なにやってんだよ！」

「ん？　ノルディアじゃないか。なんでここに……って、雛菊までいるのかい!?」

声をかけると、師匠は笑いながら俺の名前を呼び……次いで俺の横にいた雛菊女王に気付くと、やけに驚いたような顔をして体勢を崩してしまった。

しまった。師匠なら戦闘に影響は出ないだろうと思って、迂闊《うかつ》に声をかけたのがまずかったか。

師匠が対峙していた魚の魔物……いや、巨大な魚の体に、にょっきりと人間のような足が生えているから、あれは半魚人なのだろうか？　何にせよ気持ち悪い体のそいつは、師匠の隙を逃すまいと、見た目とは裏腹に素早い動作で師匠に襲い掛かろうとしていた。

「しまった」と呟いて刀を構え直そうとした師匠の動きは少し遅い。半魚人が師匠に迫り……

「……気を抜くな」

師匠の近くにいた大男が、魚の頭を鷲掴みにして止めた。

「……怪我してない？」

魔物を素手で止めている男は、平然とした様子で師匠に問う。師匠が「ああ、大丈夫だ」と返すと、男は安堵したように頷いた。

「そのまま動きを止めておいてくれよ。……風魔法〈風刃《ふうじん》〉！」

男が掴んだままの半魚人へ、体勢を立て直した師匠の魔法が放たれる。逃げようと藻掻《もが》いていた半魚人だったが、男の手が離れることはなく……結局そのまま、体を半分に切り裂かれて息絶えた。

「……お疲れ様」

「ガストンもお疲れ。ナイスアシストだったよ、ありがとうね」

自身の体の真横を走った風魔法にも一切動じなかった男を、師匠は「ガストン」と呼んだ。顔見知りということは、ガストンは師匠のパーティーメンバーなのだろう。身長も高い上に、筋肉の塊《かたまり》のような体も合わさって巨人のような印象を受ける彼は、半魚人の討伐証明部位……胸びれを二枚取ると、微妙な空気になっている洞窟からさっさと出て行ってしまった。

「……換金しておく。次に会った時、いつも通り半分渡す」

「あー、うん。任せた」

そんなやり取りだけを聞いていても、師匠とガストンが頻繁に会っていて、かなり親しい仲なのだろうと察せられる。ガストンがいなくなった洞窟の中、無言のまま俯く雛菊女王を前に、師匠は気まずそうな表情をしていた。

「すまないね、雛菊。アタシが最近遊び過ぎていたから、心配させてしまったね」

多分、最初は雛菊女王も我慢していたのだろう。師匠にも自分の時間が必要だからと、我慢して光華国で待ち続けて……けど、師匠があまりに頻繁にユーフォルビア王国へ行くものだから、雛菊女王も我慢しきれなくなって乗り込んで来たのだろう。

それが師匠自身にも分かっているから、師匠は雛菊女王の姿を見て動揺したし、開口一番に謝った。対して雛菊女王は怒るでも許すでもなく、「ごめんなさい」と逆に謝った。

「いいえ、姉上。姉上は悪くありません。雛菊が……姉上を縛りつけようとしてしまう雛菊が悪いのです。姉上には自由にしていて欲しいのに、姉上が離れてしまうかもと思うと怖くて。挙句、こんなところまで追いかけて来て……今だって、さっきの男に姉上を盗られてしまうかもしれないと思うと怖くて……ごめんなさい……」

「アタシはもう雛菊から離れて行かないし、ガストン……さっきの男は仕事仲間だ。息抜きの冒険者稼業が終わったら、ちゃんと光華に帰るさ。嘘じゃない」

しおらしい態度など、雛菊女王らしからぬ姿だ。だが、師匠が妙な顔をするでもなく返事をしている様子から察するに、恐らく師匠に対してはいつもこうなのだろう。それは別に良いのだが……

なんか師匠の受け答え、浮気の言い訳をしているみたいだな。師匠のこんな姿、見たくなかったな……

「ごめんなさい。姉上は雛菊の物ではないのに、姉上の行動を縛ってばかりで、雛菊はダメな子です」

「違うよ。雛菊は何も悪くない。アタシがちょっと……その……上品な生活に耐え切れなくなって逃げ出しただけで……本当に雛菊は悪くないんだ」

「上品な生活？　耐え切れない？」

困り顔で「あー」とか「うーん」とか唸る師匠と、不思議そうな顔をする雛菊女王。師匠も自分の口からは言い難いのだろう。だってなぁ……

「雛菊女王に幻滅されたくなくて頑張ってはみたけど、普段のだらしない生活とかけ離れていて疲れたから、ユーフォルビアで息抜きをしていたなんて、言い難いよな……」

「そうそう。酒もキッツイのを飲みたいし、たまには傷だらけになるまで魔物と戦いたいし……」

「それに師匠、しっかりした服を着るのも苦手だもんな。いっつも適当に緩く着るからよくはだけてたし……」

「服もねぇ。上質な布で良いんだけど、何枚も着ると肩が凝ってね。適当にバサッと着て、汚しても気兼ねしない服をたまには着たくなるんだよ」

「そうそう！」と勢いよく頷いた師匠は、雛菊女王の「そうだったのですか、姉上」という呟きに、しまったという表情で固まった。

「それならそうと言って頂ければ……雛菊が用意した物が姉上の好みと違っていたなんて……」

師匠の自白を聞いて、雛菊女王はショックを受けた様子だった。師匠も珍しく困り顔でオロオロするばかり。ここまでバレたなら全部言っちまったほうが楽なのに、あの人は何を躊躇《ちゅうちょ》しているんだ。

「雛菊女王、俺はこの人とそこそこ長い付き合いがあるから言いますけどね、この人は雛菊女王の理想の姉とは違うんですよ。だらしないし、酒好きだし、バトルジャンキーだし」

「ちょ、ノルディア！　なにを言って……」

「でも、雛菊女王にがっかりされたくなくって、隠れて他国で息抜きをするくらいには雛菊女王のことが好きなんです」

「ノルディア！」

「だから、あんまり幻滅しないであげて下さい」

恥ずかしさに耐え切れなかったのか、手刀を繰り出してきた師匠の手を、白刃取りの要領でパシリと止める。止めながら伝えた俺の言葉を聞いて、雛菊女王は「本当ですか？」と師匠に尋ねた。

「……まぁ、うん。そうだね」

観念した師匠を前に……雛菊女王は小刻みに震えて……

「雛菊が姉上に幻滅するなんてことあり得ませんのに！」

……そう、叫んだ。

「姉上がどんな趣味嗜好をしていらっしゃっても、雛菊は幻滅したりしません。寧ろ姉上のことなら、些細なことでも雛菊は知りたいです！　そしていつかは、好みに合致した生活を姉上に献上します！　姉上がだらしなくても、お酒を好んでいても、バトルジャンキーでも、雛菊は構いません！　だらしがなくて、お酒が飲み放題で、いつでも戦える環境をご用意するまでです！」

言い切った雛菊女王は「だから、これからも雛菊と一緒にいて下さい」と、師匠に飛びついた。

酷い台詞の数々のせいで、なんとも締まらない空気の中……

「あぁ、うん……大丈夫だ。アタシは雛菊を置いて、もう逃げたりしないから……」

……ぼんやりとした眼差しで宙を見上げながら、師匠は力なく呟いた。

「姉上っ！」

「はは、雛菊が喜んでくれて、アタシも嬉しいよ……」

感激する雛菊女王と、乾いた笑い声をあげる師匠。

微妙な空気だが……まぁ、仲直り……いや、喧嘩をしていたわけではないから何とも言えないが、解決と言って良さそうだった。

師匠もガストンと魔物退治をしたおかげで、大分気分が晴れたのだろう。雛菊女王としばらくシーラスの町を観光したら、一緒に光華国に帰るとのことだった。

俺とフィーは、一応は国賓扱いになっている師匠と雛菊女王が帰るまでの数日間、結局シーラスの町から離れることができなくて……

やっとの思いで師匠たちを見送って王都に戻ってきたのは、ユナと家を探しに行くと約束していた前日だった。

◆　◇　◆

ユナと二人で住む家を探しに行こうと約束していた日。

「ノルディア様と一緒に暮らす家！　探しに行くのを楽しみにしていましたの！」

ホワイトリーフ公爵家まで迎えに行くと、出てきたユナの顔はキラキラした期待でいっぱいの表情だった。この期待に応えられるのだろうかと、柄にもなく緊張してしまう。

「オイラも楽しミ！」

定位置であるユナの腕の中に収まった黒猫姿のヨルも連れて、三人で王都の空き家を管理している商店へ向かった。

出迎えてくれた商人に、名前を尋ねられたユナは「ユナ・ホワイトリーフ」と名乗った。まだプロポーズをしただけで正式に結婚したわけではないから、ユナの名乗りは正しいのだが……「ホワイトリーフ」の名前を聞いた途端に商人の表情が変わった。

「失礼しました。貴族様でしたか。であれば、こちらの物件や、この物件なんかもお勧めでございます」

そう言って商人が出してきたのは、大きな屋敷の間取りが書かれた書類だった。平民向けではないのだろう。価格は驚くほど高価だが、確かにこの屋敷ならホワイトリーフ家にも見劣りしない。少し古いのが難点だが、このくらいなら目を瞑ってもいいか。

そう思った俺に反して、ユナは書類をちらりと見て首を横に振った。

「他の家も見てみたいのです」

「でしたら、こちらはどうでしょうか？　先ほどの屋敷よりも少し小さいですが、比較的新しくて綺麗です。少し郊外になりますが、そのおかげで価格も先ほどの物件より抑えられていますよ」

「他にはないのです？」

「それなら……この物件など如何《いかが》でしょうか？　こちらや、これなんかも人気のある物件です」

「うーん……」

次々に出される大小様々な屋敷が紹介されている書類の数々に、あまり良い反応をしないユナ。何かが違うらしい。

「ええっと……うーんと……」

「ユナはどんな家が良いノ？」

書類の山の前で汗を滲ませていた商人に救いの手を差し伸べたのは、意外にもヨルだった。

ヨル本人には救った自覚はなく、純粋な疑問だったのかもしれないが……追い詰められていた商人は「助かった！」といった表情で大きく頷いていた。

「私は……そうですね……」

悩む様子のユナに、俺も商人もドキドキが止まらない。

あれだけ好条件の屋敷の数々に、一つも好みの物件がなかったくらいだ。相当条件が厳しいに違いない。

そう予想していた俺の思考に反して、ユナが指を折りながら言った条件は意外なものだった。

「まず、王城から近い方が良いのです。あまり遠いとノルディア様の通勤が大変ですの」

「通勤……」

「それから、あまり大きすぎないお家が良いのです。ノルディア様とできるだけ同じ部屋で過ごしたいので、部屋数が多すぎるのは嫌なのです」

「大きすぎない……」

「あとはノルディア様が鍛錬するためのお庭と、ヨルが落ち着けるような、屋根裏部屋か地下室も必要ですの」

ユナに続いて、ヨルが「オイラは闇の精霊だからナ。真っ暗にできる部屋が良いゾ！」と、片手を上げて主張した。

「なるほど……うーん……」

ユナとヨルの話を聞いた商人は、恐る恐るといった様子でいくつかの物件の資料を持ってきた。

先ほどまで見ていた物件が広々とした「屋敷」だとすると、今持ってきたのは、先ほどよりも部屋数の少ない「家」の資料だった。

商人が怯えた様子をしているのは、これが貴族向けではなく平民向けの物件だからだろう。貴族であるユナが「こんな家を紹介して！」と怒り出すのを危惧しているのだろうが……

「さっきより良いのです！　このぐらいの大きさなら、お掃除もしやすいのです！」

……まぁ、そうだよな。ユナがこれで怒り出すとは、考えられないんだよな。

「さっきのお家だと広すぎて、お掃除だけで一日かかってしまうのです」

それはそうと、ユナ。自分一人で家の管理をするつもりなのか？　公爵令嬢のユナを嫁にすると決めた時から、俺はどうにか稼いで、使用人を雇うつもりだったんだが……

それをやんわり伝えたが、ユナは「ノルディア様の衣食住を整える権利は、他の誰にも譲らないのです」とキリッとした表情で宣言した。

家事なんてやってこなかったであろうユナの宣言に、若干の不安を感じるが……まぁ、そこは生活が始まってから追々考えれば良いだろう。ユナが大変そうなら俺が手伝えば良いし、二人で協力しても生活が難しいようなら、ユナをなんとか説得して使用人を雇っても良い。

そうと決まれば、残る問題は……

「あとはそうだな。王都の中でも、できるだけホワイトリーフ公爵家から離れすぎない物件で頼みたい」

ユナを溺愛するホワイトリーフ公爵家からの「あんまり遠くに、うちの可愛いユナちゃんを連れて行かないよね？」という圧力。流石に両親と兄の三人からそう確認された上で、その圧力に逆らえる鋼の心は持ち合わせていない。

ユナとヨルの希望と、ホワイトリーフ公爵家からの圧力、最後にデザインも考慮して選んだ家は、赤い屋根に黄色の壁。少し広めの庭と、分厚いカーテンを付ければ真っ暗にできる屋根裏部屋付きの一軒家だった。

ホワイトリーフ公爵家の豪邸と比べてしまえば、その大きさは十分の一もない。だが、王城や騎士団の詰め所からもそれ程離れていない上に、ホワイトリーフ公爵家からも近い。

何よりも……

「赤い屋根のお家、ノルディア様にピッタリですの！　お庭にベンチを置けば、鍛錬をするノルディア様を近くで見ることができるのです！　屋根裏部屋も広くて素敵ですの。闇の魔石を集めて屋根裏部屋にたくさん置いて、ヨルが弱った時の回復部屋にするのです！」

嬉しそうに生活が始まった後のことを語るユナを見ていると、早くこの家で一緒に暮らしたいと思った。

「ユナ。この家で、俺と一緒に暮らしてくれるか？」

「もちろんですの！　ノルディア様とこのお家で、一生一緒に暮らすのです！」

「オイラも！　オイラも、ユナとノルディアと一生一緒！」

「約束だ」と頷きあう二人を前に、俺は「家は一生一緒じゃなくても……傷んだら変えても良いから……」という言葉を飲み込んだ。良いんだ。ユナたちが喜ぶのであれば、家は傷んできても修繕して使い続ければ良い。

そんな未来を想像して……幸せだなと、改めて思ってしまった。

◆◇◆

ユナとヨルと、一緒に選んだ家を購入した後……

俺とユナが家具を揃えるよりも先に、ホワイトリーフ公爵家から祝いの家具一式が届いてしまった。

オーダーメイドの家具は、購入したらかなり高価な物だろう。金額を考えると使うのが恐ろしい。

だが、ユナが家を出ることを寂しがって涙目になるユナの父……アルセイユ様に「少しでもユナちゃんが寂しくならないように、ホワイトリーフ公爵家で雇っている家具職人に作らせたんだ」と言われたら、受け取る以外の選択肢はなかった。

他にもフィーから贈られた花瓶。ユナの友人であるフリージア様とリリア様から贈られたティーセット。師匠と雛菊女王からも、なぜか光華国の最高級布地を使用したカーテンを贈られてしまい、リビングの一室にある物だけで、総額が恐ろしいことになってしまった。

キッチンにも、リージア様から頂いた自動で汚れが落ちる調理器具一式や、入れたものを冷やして食材の鮮度を保つ箱など、信じられない性能を持った魔道具がポンポンと置いてある。

極めつけは寝室だ。ベッドが二つ並んでいるのは普通だが、問題は同じ部屋にあるクローゼット。ごくごく普通の大きさのクローゼットの中に入っているのは、ユナと俺の服や薬草や魔力回復薬。それから俺が昔、ユナに贈ったような覚えのある花や、学生時代に俺が使っていた木刀。大きな物だと、騎士学校にあった物とよく似ているベッドまで……いや、ちょっと待て。騎士学校のベッド？なんでこんなところにあるんだ。

俺の「まさか盗んだのか……？」という疑惑の眼差しに気付いたユナが「ちゃんと許可を取って、貰ってきたのです！　ノルディア様の卒業式の日に交渉してきたので、他の誰も使っていないのです」と、どこか誇らしげに告げてきた。今の話のどこに誇るポイントがあったのかは分からないが……まぁ、許可が取れているのなら良い。

中に入っている物の内容はともかく、常識的な大きさのクローゼットに対して、大きすぎる容量がおかしいのだ。まるでクローゼットの中にも一部屋、別の部屋があるくらいの勢いだ。

「リー兄に協力してもらって作った、空間魔法の拡張機能付きクローゼット。容量無制限で物をしまえる、自信作の魔道具ですの！」

どういうことかと尋ねた俺に、ユナは「褒めて下さい！」と言わんばかりの顔で告げてくる。ユナと、ユナに協力するリージア様は、自分たちがどれほど規格外か分かっているのか……多分、分かっていないのだろう。

世に出せば国宝にもなりそうな魔道具が平然と使われている家庭なんて、どう考えてもおかしすぎる。

「魔法で中の時間も止めているのです。これでノルディア様からもらったお花も、枯らさないで取っておけるのです！」

これ以上、規格外の性能を吊り上げるな。

「あ、今までもらった花も、ちゃんとドライフラワーにして取っておいてあるのです！　捨てないのです！」

遠い目をする俺にユナが慌てて付け足したが、そこじゃない……そこじゃないんだが……

「えへへ、これでノルディア様との思い出の品を大切に保管できるのです」

嬉しそうに微笑むユナに、俺はそれ以上何も言えなかった。

……まぁ、ユナが幸せそうなら他の些細なことはどうでも良いか。

「表札を掛けてくるのです！」

「この前から作ってたヤツ？」

「そうですの。CAMOMITSREH《カモミツレ》の表札ですの。これは盗まれたら悲しいので、トラップでいくつか魔法を仕掛けておくのです」

「……その表札を盗みたい人なんテ、いないと思うヨ？」

キャッキャッとはしゃぐユナとヨルを眺めながら、俺はリビングのソファにクシャッと座って……クシャッ？

妙な音に首をかしげながらソファを見ると、布地の間に小さな紙が挟まっていた。真っ白で、一目見ただけで上質と分かる紙を開いてみると、そこにはアルセイユ様とリディナ様からのメッセージが書いてあった。

『ユナちゃんを幸せにしなかったら、許さないから覚悟しておけ。二人の結婚式、楽しみにしている』

『ノルディアさん、ユナちゃんをよろしくね。可愛いユナちゃんのウェディングドレス、もちろん見せてくれるわよね♡』

文面だけで圧を感じる二人からの手紙に、思わず姿勢を正してしまう。

ユナのことはもちろん幸せにするつもりだが、結婚式……結婚式か……

ひとまずユナが戻ってきたら、結婚式を挙げたいか聞いてみることにしよう。

ユナが「結婚式には興味ない」と言い出したら、どうするべきか……

結婚式をやらないなんて言ったらアルセイユ様もリディナ様も文句を言ってきそうだしなぁ……

リージア様も青藍さんも楽しみにしていそうだし、結婚式をやるとなったらフィーも呼ばねぇと拗《す》ねそうだし、そうなったら警備のことも考えないといけないし……本当にどうすっかなぁ……

ノルディアはため息をついた。その表情は、仕草に反して幸せそうだった。

悪役令嬢に溺愛された攻略対象その5の、幸せな苦悩はきっとこれからも続いていく。

第十一章　攻略対象その5と結婚式ですの

「なぁ、ユナ」

ノルディア様のプロポーズを受け入れてしばらく経った頃。

ノルディア様と一緒に暮らす家に家具を運んだり表札を掛けたりしていた時に、ノルディア様がどことなく硬い表情で私の名前を呼びました。

「結婚式、やりたいか？」

妙に力のこもった声で聞かれた問いに、私はキョトンとしてしまいます。

結婚式……ですか……

ユーフォルビア王国では、貴族や王族くらいしか結婚式なんて行っていません。平民だと裕福な商人が気まぐれにやるくらいで、それ以外の人は一緒に暮らすだけ、そう聞いていたので私も別に結婚式もやらなくて良いかな、と思っていたのですが……

「ウェディングドレス、ユナは似合うと思っていたから」

……ノルディア様がそう言うのなら話は別です！　ノルディア様に可愛いと思ってもらえるなら、

結婚式でもなんでもしましょう！

それに、うっかり忘れていましたが、結婚式と言えばタキシードです！

「ノルディア様のタキシード姿、絶対に格好良いのです！　結婚式やりたくなってきましたの！」

ノルディア様の衣装、どうしましょう？　やっぱり定番の白が良いでしょうか？

ノルディア様の衣装なら、髪の色に合わせた差し色で赤を使っても格好いいと思います。

格好良いノルディア様に霞まない、最高の衣装を用意しないといけません！

「衣装の素材集めから取り掛かるのです！」

やる気に満ち溢れた私の背後で、ノルディア様が「良かった」と、なぜか安堵のため息を漏らしていました。

◆◇◆

「……で、事情は分かりました。ええ、分かりましたとも。その話の流れから、なんで光華国《こんなところ》にユナ様がいらっしゃる流れになるのですか!?」

結婚式の準備をするために、私が向かった先は光華国。叫んでいるのは「ユーフォルビア王国と光華国の友好関係を築くため」という名目で、光華国の王族に養子へ出た青藍です。

……まぁ、実際はどうしても青藍と結婚したいリー兄の「青藍に身分を付与させてお嫁さんにしたい」という魂胆《こんたん》がありますけど。

リー兄は公爵家を継がないといけないので、青藍と結婚するのも一苦労です。私は幼いころから好き勝手にノルディア様との婚約を結んでしまったので、少し申し訳ないような気もしますが……それでも青藍のことを諦めないリー兄はすごいです。

「ユナ様！　私の話、聞こえていますか!?」

「青藍の叫び声、久しぶりに聞くと懐かしいのです」

「そうだナ。なんか最近、静かだと思ってタ」

「そう思って頂けるのは嬉しいですけど！　私の話もちゃんと聞いて下さいよ～！」

学園を卒業してからバタバタしていて青藍とはなかなか会えずにいましたが、この叫び声を聞くと青藍だなぁって感じがします。

「もう、良いですよ。なんとなく分かりましたから！　ノルディアさんとの結婚式の招待状ですよね。持って来て下さったんでしょう？」

「違うのです！　光華国で作られる布が美しいと聞いたのです！　ノルディア様の衣装を作るのに使いたいので、買いに来たのです！」

「……デスヨネー。ええ、ユナ様ですもんね。ノルディアさんにしか興味ないですよね」

「分かっていましたよ」と、なぜか青藍は半泣きになっています。猫耳がぺたんと伏せられて、尻尾もふにゃりと下がっていますが、どうしたのでしょう？

……あ、そういえば招待状のことをすっかり忘れていました。

ノルディア様の格好良いタキシード姿を見て、私のこともノルディア様に可愛いと思ってもらいたいだけだったので、お客さんを招待することが抜け落ちていました。

「良いですよ！　リージア様に日程をお尋ねして、勝手にお祝いに行きますから！」

がっくりと項垂れる青藍ですが、どうやらリー兄とは頻繁にやり取りをしているようですね。その証拠に、青藍の手には白色と緑色の魔石の付いた指輪が嵌まっています。

私の実家であるホワイトリーフ公爵家を思わせる白い魔石に、リー兄の瞳と同じ緑色の魔石。アームの部分に細かくホワイトリーフ公爵家の家紋が彫ってある指輪は、見ただけで「手を出すなよ」と威嚇されているような気分になってしまいます。

「リー兄もすごい執着心ですの」

青藍は着々と、リー兄の手で外堀を埋められているような気がします。

ユーフォルビア王国に戻る日が来たら、そのまま問答無用でリー兄と結婚させられてしまいそうです。

「青藍、気持ちが変わったら早めに相談するのです。あのリー兄から逃がせるかは……ちょっと自信がないですが、一応話は聞くのです」

「え、ちょっと？　その哀れむような視線は何ですか⁉　私にも分かるように話して下さい！」

「リー兄の邪魔をしたら怒られそうなので、秘密ですの」

「ユナ様ぁぁぁああ!!」

青藍で遊んだ後、挨拶に行った雛菊女王から、つやっつやで肌触りが最高の綺麗な布をたくさん頂いてしまいました。

「こんなに貰って良いのです？」

積み上げられた布は一目で最高級の品だと分かるくらい綺麗です。普通に買おうとすれば大金が必要になるそれを、雛菊女王は惜しげもなく差し出してくれました。

「良《よ》い。姉上と再び引き合わせて貰った礼のような物ぞ」

ニコリと笑った雛菊女王ですが……なんか、目の奥が笑っていません……

話を聞くと、どうやら雛菊女王の大好きな姉……竜胆さんが今日の朝、光華国を抜け出してシーラスの町へ行ってしまったらしいです。

雛菊女王は寂しい気持ちを我慢して帰宅を待っているようですが、我慢しきれない気持ちがあふれ出ています。

「姉上がまたユーフォルビアへ行ってしまったのだ」

「はぁ……」

「姉上は魅力的だからの。一人でフラフラと出歩いて、どこぞの男の毒牙にかかってしまったら……ああ、考えるだけでおぞましい！」

「なるほど……」

「この前もユーフォルビアまで様子を見に行ったら親しげな男がおった故、雛菊は心配でならないのだ」

「そうですの……」

「そこでだ！　其方《そなた》の結婚式！　そこに雛菊も招待してほしい！」

「……はい？」

なんだか急に、話が私の結婚式のことになりました。

「姉上と、姉上と親しい男……ガストンとやらも招待してくれぬか？　そこで雛菊は、奴が悪い男ではないか見極めたいのだ」

竜胆さんと仲の良いガストンさん？　誰でしょうか……？

なんだかとんでもない方向に話が転がっているのですが、高価な布を貰ってしまっている手前、雛菊女王の頼みを断りにくいです。

「招待状、雛菊女王の分も青藍に送るのです。竜胆さんも招待しますが……ガストンさんは私の知り合いではないので、あまり期待しないでほしいのです」

「うむ。期待しておるぞ！」

うぅーん……話が通じないです……

◆　◇　◆

満足そうに笑っていた雛菊女王と別れて、私が次に向かうのはシーラスの町です。

そこに竜胆さんがいると雛菊女王から聞いたので、結婚式に招待しようと思って向かったのですが……

「竜胆さんと仲の良いガストンさんって、結局誰なのでしょう？」

全然見当が付かないです。

雛菊女王はガストンさんとやらも招待してくれと言っていましたが、面識のない人を突然結婚式に招待するわけにもいきません。

そもそも私が最初に想像していたのは、親族だけの小さな結婚式です。青藍はもう身内のようなものなので最初から呼びたいとは思っていましたが、雛菊女王と竜胆さんも呼ぶとなると、小さい結婚式なんて言っていられません。

数回会っただけの雛菊女王を結婚式に招待して、友人でもあり自国の王子でもあるフィーを呼ばないというのもおかしいですし。本当にどうしましょう。

悩みながら〈影移動《シャドウムーブ》〉を使って辿り着いたシーラスの町の中。

「風魔法〈風の網《ウインドネット》〉！　いよっし！　今日の夕飯ゲット！」

未だに魔物との戦いの爪痕が残る港で竜胆さんを探そうとしていた矢先、早々に発見してしまいました。

魔法を使って魚を捕っている竜胆さんは、今日も光華国の伝統服……着物のような衣服を着ているので目立っています。

「ふふん、流石アタシだね。今日は焼き魚……いや、干物にしても良いな。町のみんなに分けて、余った分は酒を買ってつまみにするか！」

「竜胆さん、お久しぶりですの」

「んん？　ノルディアの姫さんじゃないか！　ちょっと見ないうちに増々綺麗になってるな！」

「どうした？　ノルディアと喧嘩でもしたのかい？」と豪快に笑う竜胆さんは、雛菊女王と仲直りをして光華国の王族に戻ったはずですが……今の姿は、少し珍しい格好をした漁師にしか見えません。

しかもビッチビチと暴れる魚が入った網を気にせず抱えているせいで、跳ねた水を浴びて全身水浸しになってしまっています。

濡れた黒髪をかき上げる竜胆さんの姿は、何というか……大人の魅力に溢れています！

濡れてピッタリと張り付いた服が、竜胆さんのスタイルの良さを更に際立たせています。胸元も少しはだけて見えていて……私もあれぐらい大きければ、もっとノルディア様をメロメロに出来たかもしれないのです！　どこが、とは言いませんけれど！

「……これ、風邪引くから着て」

竜胆さんの魅惑的な姿に、思わず目を奪われてしまっていたのは、私だけではありませんでした。近くに居た漁師さんたちも鼻の下を伸ばしていて、その視線から隠すかのように、誰かが竜胆さんに服を被せました。

竜胆さんの体をすっぽりと隠してしまうほど大きな服の持ち主は……

「いちご飴屋さんですの⁉」

「……あ、前に買いに来てくれた子だ」

王都で屋台を開いているいちご飴屋の店主さんでした。なんで王都から遠いシーラスの町に、いちご飴屋さんがいるのでしょう？

「……岩魔法が得意だから、冒険者ギルドに港の修繕依頼で指名された」

冒険者ギルドから、仕事の指名が入るほどの実力を持っている商人さん……？

「なんだい、ガストン。アタシがこの程度で風邪を引くほどヤワだと思っているのかい？」

「……良いから、着て」

いちご飴屋さんの意外な正体に驚いている私の前で、いちご飴屋さんは有無を言わせずに竜胆さんに服を被せて、濡れた体を見事に隠してしまいました。

まるで、毎日こんなやり取りをしているかのような……ってガストン⁉　竜胆さん、いちご飴屋さんを「ガストン」って呼んでいました⁉

「いちご飴屋さんが、ガストンさんだったのです？」

「……？　俺はガストンだけど」

「竜胆さんと仲の良い、ガストンさんですの？」

「……仲、悪くはない」

「なんだい、仲悪くはないって！　もしかして照れてるのかい？　アタシとガストンの仲だろう。仲良しだって言ってくれて良いんだよ？」

「……うるさい。それより魚、捕まえたの？」

「おう！　あとで一緒に食べよう」

「……ん。料理は俺がする」

う、うわぁ！　確かにこれは、雛菊女王の言う通りすごい仲良しです！　まるで熟年夫婦のようです。

いちご飴屋さん……いえ、ガストンさんは私も知っている人だったので、結婚式に招待してもおかしくはないですが、この二人の仲の良さを見た雛菊女王が発狂しないか心配になってきました。

でも、雛菊女王に頼まれてしまいましたし……もうなるようになれです！

「今度ノルディア様と結婚式をするのですが、良かったら二人にも来てほしいのです」

「良いのかい？　だったら美味い魚料理でも作って、お邪魔させてもらうよ」

「……それ、作るの俺？」

「おう！　アタシが作るより美味いだろ？」

「……まぁ」

竜胆さんもガストンさんも来てくれるようですが……雛菊女王、本当に大丈夫でしょうか？　二人のやり取りを見て、怒って暴れたりしないと良いのですが……

不安は残りますが、最悪の場合は力ずくで止めれば良いでしょう。タキシード姿で戦うノルディア様もきっと格好良いでしょうから、問題ありませんね！

その後、どこからか私が来ていることを聞いて来た踊り子のアイリスもやって来て、結婚式で踊りを踊ってくれると言ってくれました。

最初は結婚式にあまり乗り気ではありませんでしたが、こうなってくると楽しみになってきます。ノルディア様との結婚をみんなに祝ってもらえるというのも、嬉しい理由の一つです！

「そうですの！　だったら、あの人も呼びたいのです！」

「あの人？　ユナ、誰の事言ってるノ？」

家族や王族、貴族関係でどうしても呼ばないといけない人達は、実家がどうにかしてくれるでしょう。

なので最後は、私が個人的に呼びたい人のところに行くことにしました。

◆
◇
◆

「ユナ、俺様に会いに来たのか？」

私が会いたかった人物。それはキュラス王国の国王、レオン・キュラス……ではなく、キュラス王国に魔法の勉強で旅立ってしまった友達のリリアさんです。

「……なんで、レオン王が居るのです？」

「なっ⁉　俺様直々の出迎えだぞ」

「私はリリアさんに会いに来たのです。どこに居るのです？」

なのに、出て来てくれたのはレオン王だけ。リリアさんの姿がありません。

聞いても答えが返って来ないので、魔法を使って捜すことにします。

「闇魔法〈探知《ディテクト》〉ですの」

呪文と共に、私の影が一瞬で広がっていきます。

リリアさんの居場所は……意外と直ぐ近くにいます。歩いていっても数分程度です。

「待ってくれ、ユナ！　……リリアが、帰りたいと言ったのか？」

リリアさんの所へ行こうとした私の手を、レオン王が掴んで引き留めました。

「何のことですの？」

「リリアがユーフォルビアへ帰りたいと言って、迎えに来たんじゃないのか？」

いつもなら自信たっぷりといった話し方をするレオン王は、眉をへにょりと下げて、弱ったような表情で尋ねてきました。

何をそんなに不安そうにしているのでしょう？

「違うのです。私とノルディア様の結婚式があるので、リリアさんも招待したいと思っただけですの」

「……結婚、式？」

「あれ、ユナさん？　キュラスに来ていたんですか⁉」

ポカンとレオン王が固まった瞬間、リリアさんが部屋に入ってきました。

ちなみに、私は〈探知《ディテクト》〉で居場所は把握していて、近付いてきていることも分かっていたので、驚きはありませんでした。

ですが、レオン王は違ったようです。

「リ、リリア⁉　どうして、ここに！　まさか今の話を聞いて……？」

「お部屋の外でヨルさんを見かけて、まさかと思って部屋に入ってみたのですが、本当にユナさんがいらっしゃるなんてビックリしました」

珍しく慌てた様子のレオン王は、うっすらと頬を赤らめています。

もしかしてレオン王、リリアさんのことを好きになっているのです？

「リリアさん。私、この度、ノルディア様と結婚することになりましたの。良かったら、結婚式に来てほしいのです」

「まぁ、それはおめでとうございます！　ノルディア様との結婚、ユナさんは夢だと仰っていましたから。是非お祝いをさせて頂きたいです」

　リリアさんはレオン王の様子に気が付くこともなく、両手を合わせながら、まるで自分のことのように私の結婚式を喜んでくれています。

　可愛いですが、無邪気なご様子だとレオン王のアプローチに気付くのは当分先になりそうですね。

「当日は私が迎えに来るのです。帰りも魔法で……」

「いや、当日は俺様が送っていく。帰りも問題ない」

　ですがレオン王は、誰にも渡すつもりが無いかのようにリリアさんの肩に手を添えて牽制をしているので、きっとその内収まるところに収まるのでしょう。

「リリアさん。もしもユーフォルビアへ帰りたくなったら、何時でも言ってほしいのです。誰が敵になっても、絶対に攫ってみせるのです！」

「……？　はい、ありがとうございます」

　リリアさんはキョトンと目を丸くしながらも、笑みを浮かべてお礼を言っています。

　きっとリリアさんには伝わっていないでしょうが、私が本当に伝えたかったのはリリアさんでは無いので大丈夫です。

「ユナ、それは……」

私が本当に伝えたかった相手……レオン王は、ひくりと頬を引きつらせています。

私の言いたいことがちゃんと伝わっているようで、安心です！

「リリアさんを泣かせる意地悪な人が居たら、私が許さないのです！」

「ユナさん、大丈夫ですよ？　キュラスの人達もみんな良い人ばっかりですから」

私の友達に手を出すのですから、泣かせたら許さないのです！

にこりと笑って視線を向ければ、レオン王はコクコクと頷いてくれました。

◆◇◆

そんな風に結婚式の準備を終えて、迎えた当日……

「ユナちゃん、綺麗ねぇ」

光華国で作られた最高級の布を使って特別に仕立てたドレスに身を包んだ私を見て、お母様がうっとりとした表情で褒めてくれました。

「本当は、ユナちゃんには貴族の人と結婚してもらいたいって、私もアルセイユ様も思っていたのよ」

最後の仕上げで私の髪を編み込んで、ベールを被せてくれたお母様は、優しい声で言います。

「でもね、ユナちゃんはノルディアさんと結ばれないと、幸せになれないでしょう？　最初は反対していたけれど、ノルディアさんには感謝しているの。だって私のユナちゃんを、もっとも～っと可愛くしてくれたのですもの」

「ユナちゃんの結婚相手が、ノルディアさんで良かったわ」と言ってくれて、最後に髪の間に花を差し込んで、お母様は私の手を取って立ち上がらせてくれました。

向かう先は、ノルディア様が待つ結婚式の会場です。

重いドレスを踏まないように、ゆっくりと歩いて……

「ユナちゃん、私は……いいえ、私もアルセイユ様も、あなたの兄も。みんな、ユナちゃんの味方ですからね。何かあったら、いつでも頼って下さいね」

最後まで優しい言葉をかけてくれたお母様が、私にお父様の手を取らせてくれました。

「………グス……」

式が始まる前から涙ぐんでいるお父様は、無言で私の手を握って歩き始めます。

知らない人には強張っているようにしか見えないお父様の顔ですが、泣くのを我慢しているのがバレバレです。

「ユナ、僕の可愛い妹。名前が変わってもユナが妹で、家族であることは変わりない。何時だって幸せを願っているよ」

リー兄が優しい声で告げています。

その指には、白色の魔石と藍色の魔石の付いた指輪があります。キラリと魔石が輝いた瞬間、私の頭上から花が生み出されて、チラチラと舞い落ちました。

「ユナ様、綺麗です。り、立派になって……」

リー兄の隣には、グスグスと泣いている青藍が居ました。あんなに泣いてしまって大丈夫でしょうか？

少し心配ですが、リー兄がハンカチを差し出しているので、どうにかしてくれるでしょう。

「幼き私を救ってくれた友に、幸多からんことを！」

出会った時と比べると、びっくりするぐらい背丈の伸びたフィーが、堂々とした態度で祝言を贈ってくれました。その姿はまるで王子様みたい……あ、そう言えば王子様でした。

その隣には、柔らかい笑みを浮かべるフリージアさんの姿があります。

「ユナさん！　わ、私も！　ユナさんが泣いていたら、攫いに来ますから！　約束です！」

リリアさんはギュッと握り拳を作りながら、そう言ってくれました。

普段の可憐な様子とのギャップに、しれっと参加していたレオン王が驚いたように、パチパチと瞬きをしています。

リリアさんは、ここぞという時の度胸があるのです。それを知らないなんて、レオン王もまだまだですの。

「ハハッ、姫さんを泣かせたら攫うってさ！　ノルディア、覚えておきな。その時はアタシも参加するからね！」

ケラケラと笑う竜胆さんを、ガストンさんが止めようとしています。そんなガストンさんのことを、雛菊女王が睨みつけています。

……王族の参列者が思っていた以上に多いのです。

それに、式場には姿が見えませんが、他の王様も居るみたいです。

「僕の暴走を止めてくれた人間に、祝福を」

遥か頭上の空にはフェニックスの火の魔力と、懐かしい花の魔力の気配があります。恐らく、魔王ハルジオンとサクラさんでしょう。

姿を現すつもりはないようで、キラキラと光る魔力の粒子を降らせ、しばらくすると気配は消えてしまいました。

「此方の愛した村の子と、此方の愛した村を守ってくれた人の子に祝福を贈るかのぅ。闇のも、二人を大事にするんじゃぞ」

ハルジオンの居る空の遥か彼方……遠く離れたノルディア様の故郷から放たれた魔法が、会場に白い氷の花を降らせました。冷たくて優しい魔力は、氷の精霊さんのものですね。

ハルジオンの魔力と、氷の精霊さんの氷花が混ざり合って、キラキラと輝いて会場を包み込んでいました。

幻想的で綺麗な光景の中、私が歩いて行った先には……

「ユナ、やっぱり綺麗じゃねェか」

……白いタキシードに身を包んだノルディア様が、私を待ってくれています。最高級の布で仕立てたタキシード、想像以上に似合っています。

赤地の飾りに、赤い蝶ネクタイ、赤のポケットチーフ。

赤の差し色で統一した格好のノルディア様は、最高に格好良いです!!

「はぅ……格好良いですの……」

あまりにも格好良いノルディア様の姿にふらりと倒れそうになった私のことを、お父様の手が支えてくれました。

そのまま、お父様はノルディア様に向けて背中を押してくれて、私はノルディア様の手を取ります。

「健やかなるときモ、病めるときモ……ユナァ、続き何だっケ?」

ヨルに牧師さんをお願いしたのですが、伝えていた台詞の途中で首を傾げてしまいました。

結構長い台詞なので、仕方がないです!

「えっト……マァ、いっカ! ユナもノルディアモ、ずっとオイラと一緒に居続けル!」

結局、伝えていた台詞とは別の言葉になってしまいましたが、それはそれで私達らしい気がします。

「おう、約束だ」

「はい、約束ですの！」

笑いながらノルディア様を見ると、ノルディア様も優しい笑顔で私を見つめていました。

どうしようもなく幸せで、胸が締め付けられるような幸福感でいっぱいです。

「ユナ、今日は泣くなよ？　師匠が今にも乱入しそうな顔で見てる」

私の目の縁に滲んだ涙を優しく拭ったノルディア様は、そっとベールを持ち上げて……

……


…………

……………


「それで、それで？　その後はどうなったの？　ねぇ、教えてよお母さん！」

「ノルディア様は、私の唇に優しいキスをしてくれたのです」

「キャー!!　良いな、良いなぁ！　私もお父さんみたいな、格好良い人と結婚できるかな？」

「それは難しいのです」

「えぇー!?」

「ノルディア様以上に格好良い人なんて、存在しないのです！」

「そうかも！」

ユナに似た女の子がクスクスと笑う。

そんな未来も、きっとそう遠くない。

この作品に対する皆様のご意見・ご感想をお待ちしております。

おハガキ・お手紙は以下の宛先にお送りください。

【宛先】

〒150-6019 東京都渋谷区恵比寿 4-20-3 恵比寿ｶﾞｰﾃﾞﾝﾌﾟﾚｲｽﾀﾜｰ 19F
（株）アルファポリス　書籍感想係

メールフォームでのご意見・ご感想は右のＱＲコードから、
あるいは以下のワードで検索をかけてください。

アルファポリス　書籍の感想　検索

ご感想はこちらから

本書は、「アルファポリス」（https://www.alphapolis.co.jp/）に掲載されていたものを、
改稿、加筆のうえ、書籍化したものです。

悪役令嬢《あくやくれいじょう》だそうですが、
攻略対象《こうりゃくたいしょう》その５以外《いがい》は興味《きょうみ》ありません３

千 遊雲（せん ゆううん）

2024年 7月 5日初版発行

編集－横瀬真季・森 順子
編集長－倉持真理
発行者－梶本雄介
発行所－株式会社アルファポリス
〒150-6019 東京都渋谷区恵比寿4-20-3 恵比寿ｶﾞｰﾃﾞﾝﾌﾟﾚｲｽﾀﾜｰ19F
TEL 03-6277-1601（営業） 03-6277-1602（編集）
URL https://www.alphapolis.co.jp/
発売元－株式会社星雲社（共同出版社・流通責任出版社）
〒112-0005 東京都文京区水道1-3-30
TEL 03-3868-3275
装丁・本文イラスト－仁藤あかね
装丁デザイン－AFTERGLOW
（レーベルフォーマットデザイン―ansyyqdesign）
印刷－中央精版印刷株式会社

価格はカバーに表示されてあります。

落丁乱丁の場合はアルファポリスまでご連絡ください。

送料は小社負担でお取り替えします。


ISBN978-4-434-34082-6 C0093